Jean-Philippe Arrou-Vignod

Enquête au collège

Sa Majesté P. P. Ier

Illustrations de Serge Bloch

GALLIMARD JEUNESSE

Pour la petite bande du 13 bis,
aujourd'hui dispersée mais toujours là.

1
Une soirée de chien

S'il y a un jour détestable dans la vie d'un collégien, c'est celui des conseils de classe.

Enfin, pas pour tout le monde. Prenez P. P. Cul-Vert, le petit génie de la 4e 2 : son cerveau tourne plus vite qu'un mixer, il lui arrive de rêver tout haut en latin (je le sais, son box est en face du mien à l'internat) et, même s'il est nul en sport, sa moyenne générale frise la perfection.

Pour les élèves comme moi, louvoyant entre « peut mieux faire », « à peine passable » et « nettement insuffisant », c'est une autre paire de manches. Manque de moyens ? Paresse ? Les deux sans doute. Le trimestre d'un cancre ressemble un peu à un dîner dans un restaurant chic : vous n'avez pas l'impression d'avoir exagéré mais, à la fin, l'addition est beaucoup plus salée que vous ne l'aviez imaginé.

J'avais poireauté une bonne heure dans la cour en attendant la fin du conseil. Comme un fait exprès, il s'était mis à pleuvoir. La nuit était tombée lentement et j'apercevais, tout petits par les fenêtres de la salle du conseil, les profs rassemblés autour de M. Courtejambe, le principal de notre collège. Le voir tirer la langue pour remplir les bulletins aurait pu être drôle en d'autres circonstances ; mais là, c'était plutôt sinistre, comme s'il s'appliquait à faire des pleins et des déliés pour signer votre condamnation aux travaux forcés.

C'est Mathilde qui est sortie la première.

– Alors ?

Elle a poussé un cri et a manqué de lâcher son dossier dans une flaque d'eau.

– Rémi ? Ça t'amuse de sauter sur les gens dans le noir ? Tu m'as fait une de ces peurs !

Mathilde est notre déléguée de classe. C'est surtout ma meilleure amie. J'allais dire : ma seule amie. D'habitude, je ne supporte pas les filles, avec leur façon de ricaner derrière leur main et de faire des histoires pour rien. Mais Mathilde, ce n'est pas pareil. Elle a toutes les qualités d'un garçon : ouverte, franche, courageuse…

Enfin, les qualités de *certains* garçons. Prenez P. P. Cul-Vert, par exemple. Si la radinerie, la

trouillardise et la sournoiserie étaient des matières scolaires, il aurait plus de 20/20 partout.

– Alors, raconte !

– Mais quoi ? a fait Mathilde avec humeur en rabattant la capuche de son caban. Tu ne vois pas qu'il tombe des cordes ?

– Le conseil de classe, comment ça s'est passé ?

Elle a jeté un œil noir vers les profs qui sortaient

derrière elle et se dispersaient dans la pénombre, pressés de rentrer chez eux.

– Casse-pieds, rasoir, soûlant... J'ai cru que ça ne finirait jamais. En plus, vu l'heure, j'ai raté mon cours de danse.

– Qu'est-ce qu'ils ont dit ?

– Sur quoi ?

– Mais sur moi ! J'ai un avertissement ? Un blâme ?

Mathilde m'a considéré quelques instants d'un air incrédule.

– C'est juste pour me demander ça que tu es resté tout ce temps sous la pluie ?

J'ai ouvert des yeux ronds.

– Ben oui. Pour quoi d'autre ?

– Si j'avais eu les félicitations, par exemple. T'inquiéter de savoir comment je vais rentrer. Ou encore me remercier d'avoir sacrifié mon cours de danse pour tenter de sauver ta peau, a énuméré Mathilde en martelant mon ventre de son index.

« Sauver ma peau » ? Ça avait dû sacrément barder alors.

– Excuse-moi, j'ai dit. J'aurais dû commencer par là.

– Je les ai eues, rassure-toi.

– Je n'étais pas trop inquiet, en fait. Et Pierre-Paul ?

– Comme d'habitude. Les profs ont failli se lever pour lui faire une ovation.

Écœurant… P. P. a deux ans d'avance et je suis sûr que ses premiers albums de lecture, quand il n'était encore qu'un poupon grassouillet, étaient déjà des livres d'algèbre.

– Et moi ? j'ai risqué. Ne me cache rien.

– Demain, a décrété Mathilde. Le prof principal fera un compte rendu. Moi je rentre me mettre au chaud.

Je l'ai rattrapée par la manche.

– Tu ne peux pas me faire ça !

– Tu as vu l'heure ? J'ai une vie privée, figure-toi. Bonsoir.

Et elle s'est échappée dans la nuit, me laissant tout dégoulinant et bredouille au milieu de la cour.

En fait, oubliez tout ce que j'ai dit sur Mathilde. Elle est exaspérante quand elle s'y met, comme toutes les filles. Ça veut dire quoi : « J'ai une vie privée » ? Que je ne suis pas assez important pour en faire partie ? Que mes résultats ne méritent même pas qu'elle leur sacrifie une précieuse seconde ?

Je n'ai pas eu le temps de digérer toute sa perfidie.

– Eh bien, Pharamon, a lancé une voix dans mon dos. Qu'est-ce que vous faites là ?

J'ai sursauté.

– Monsieur le principal ? Je… rien… enfin… c'est-à-dire…

– Brillant effort d'argumentation, jeune homme, a ironisé M. Courtejambe, et bien à la hauteur de vos résultats ! Filez donc au réfectoire, l'heure du dîner a sonné depuis longtemps.

Je tournais déjà les talons quand il m'a rappelé.

– Un petit conseil tout de même, Pharamon : tâchez de mettre sérieusement à profit les prochaines vacances pour rattraper votre retard abyssal. C'est compris ?

Je ne sais pas ce que veut dire « abyssal », mais le sens général du message ne m'a pas échappé. J'ai bredouillé quelque chose et j'ai filé, la tête basse, en direction du réfectoire.

Si j'ajoute :

A / Que c'était jour de chou-fleur

B / Que Philibert, en bon copain, avait profité de mon retard pour s'attribuer ma part de tarte aux pommes

C / Qu'en m'affalant sur une chaise, j'ai écrabouillé les écouteurs que j'avais dans la poche arrière de mon jean…

… vous serez sans doute d'accord avec moi pour conclure que ce n'était vraiment pas ma soirée.

– P. P. n'est pas là ?

– Grumpf ! a répondu Philibert en enfournant une dernière bouchée de *ma* tarte.

En réalité, c'était la seule bonne nouvelle du moment.

Le lendemain, il me faudrait subir le triomphe de P. P. quand M. Coruscant, notre professeur principal, annoncerait à la classe ses résultats mirifiques. Je ne crois pas que j'aurais supporté de le voir se pavaner pour l'instant…

2
Une mystérieuse disparition

Mais le lendemain, toujours pas de P.P.

Son box, au dortoir, était vide. Personne aux lavabos (mais P.P. n'y fait que de brèves apparitions, la propreté n'étant pas son fort). Personne non plus au réfectoire, ce qui était plus étonnant : P.P. Cul-Vert est le champion du monde toutes catégories de la gloutonnerie.

Il n'est pas rare, le matin, de le voir étaler sur ses tartines, en plus du beurre et de la confiture, une couche épaisse de rillettes, ou tremper des cornichons au vinaigre dans son bol de chocolat. Depuis qu'on est à l'internat tous les deux, c'était bien la première fois qu'il sautait un petit déjeuner.

– Tu fais toujours la tête ? m'a demandé Mathilde quand on s'est retrouvés devant la salle de classe.

J'ai préféré ne pas relever. Elle s'est assise à côté

de moi, comme si de rien n'était, et M. Coruscant a commencé le compte rendu du conseil.

– Mlle Blondin… Excellent trimestre… Beaucoup d'investissement, des résultats en progrès…

Mathilde était rouge de plaisir. Je la sentais qui frétillait et sa gaieté n'a fait qu'augmenter ma mauvaise humeur.

Le problème, quand on s'appelle Rémi Pharamon, c'est qu'on est loin dans l'ordre alphabétique. J'allais devoir ronger mon frein un long moment avant d'être fixé sur mon sort.

M. Coruscant passait à l'élève suivant quand Mathilde a fait glisser discrètement quelque chose vers moi. C'était une petite fiche bristol, couverte de son écriture nette et sans fautes d'orthographe.

C'est là-dessus qu'elle prend des notes pendant les conseils de classe.

Mathilde est une déléguée super organisée. Il y a une fiche pour chaque élève : une rose pour les filles, une bleue pour les garçons.

Sous mon nom, elle avait écrit :

Manque de travail dans certaines matières. Des efforts à faire, mais des progrès dans le comportement. Devra mettre les bouchées doubles au prochain trimestre.

J'ai poussé un soupir de soulagement. Ni avertissement ni blâme, pas de menaces de tripler la 4e. « Mettre les bouchées doubles » ? J'avais connu bien pire comme appréciation dans ma carrière de cancre. Ma mère allait être folle de joie ! Enfin, n'exagérons rien : disons que, contrairement à d'habitude, elle ne serait pas trop désespérée.

J'ai écrit « Merci ! » au crayon au dos de la fiche avant de la repasser à Mathilde.

– Tu ne croyais tout de même pas que j'allais faire durer le suspense plus longtemps ? a-t-elle murmuré d'une voix moqueuse.

M. Coruscant continuait son compte rendu. On aurait presque entendu un roulement de tambour solennel quand il a dit :

– Passons maintenant à M. de Culbert.

– Absent ! a lancé une voix.

M. Coruscant a levé un sourcil étonné.

– Tiens donc ! Votre brillantissime condisciple n'est pas là ?

La table au premier rang était vide. En bon fayot, P. P. y laisse en permanence un petit chevalet portant son nom gravé en lettres d'or, suivi de la mention « réservé ». C'est le seul bureau à une place de la classe et, collé sous le plateau de bois, on trouve un vrai garde-manger de réglisses, de caramels mous et de raisins secs fossilisés.

– Cette absence ne lui ressemble guère, a poursuivi M. Coruscant. Surtout sans motif. Il n'est pas malade ?

– Peut-être une crise de modestie fatale ? a suggéré quelqu'un.

– Ou une indigestion de bonnes notes ? a proposé un autre.

Mathilde a été la seule à ne pas sourire. Elle

a attendu que M. Coruscant se résigne à passer au suivant et s'est penchée vers moi pour chuchoter :

– Trop bizarre. Pierre-Paul n'aurait raté ce moment pour rien au monde.

J'ai voulu plaisanter.

– Il est peut-être allé recevoir le prix Nobel de vantardise.

– Tu ne comprends pas que c'est louche ? s'est offusquée Mathilde.

Elle avait raison. P. P. préférerait se faire arracher un ongle plutôt que de sécher une heure de cours. Quant à manquer le compte rendu du conseil de classe, c'était proprement inimaginable.

– Tu comprends, c'est comme si Charlemagne avait raté le jour de son sacre, elle a expliqué.

J'ai hoché la tête d'un air entendu.

– En 1515 ?

Mathilde a gloussé en levant les yeux au ciel.

– Bien essayé, Rémi. C'était en l'an 800, tu n'es pas tombé très loin.

J'y suis allé moi aussi de ma comparaison.

– Ou comme si Marseille, en 1989, n'était pas venu recevoir sa coupe de France.

– De pétanque ?

Cette fois, c'est moi qui me suis esclaffé.

– De football, Mathilde ! Tu n'es pas tombée très loin non plus.

Elle a haussé les épaules.

– Qu'est-ce que tu peux être mesquin, comme garçon ! Je n'aurais jamais dû te donner tes résultats à l'avance.

Mais mon tour était arrivé. M. Coruscant m'a considéré avec gravité par-dessus les bulletins.

– Nous attendons bien mieux de vous, Pharamon. Le trimestre prochain sera déterminant pour votre passage. Mais j'ai confiance en vous. Je sais que vous pouvez réussir.

M. Coruscant n'est pas un prof tout à fait comme les autres. Depuis les aventures[1] que nous avons vécues avec lui, Mathilde, P.P. et moi, il ne manque pas une occasion de me défendre. Et j'avoue que souvent, quand j'ai la flemme d'apprendre une leçon ou de commencer un devoir, c'est pour lui que je le fais, simplement pour ne pas trahir sa confiance.

J'ai hoché la tête et promis tout ce qu'il voudrait. Mes bonnes résolutions dureraient ce qu'elles dureraient, mais j'avais eu chaud, cette

1. Lire les autres titres de la série « Enquête au collège ».

fois encore. Pas question de revivre ça au trimestre prochain, ni de décevoir M. Coruscant.

À la récréation, je suis allé rôder avec Mathilde du côté de l'infirmerie.

La Morgue, comme nous l'appelons entre internes, était vide. Pas de P. P. en vue. Il faut dire que Mme Taillefer est une infirmière redoutable. Avec elle, pas question de prétendre être à l'article de la mort juste pour échapper à une interro. D'un seul froncement de sourcils, elle vous a passé aux rayons X et, avant même qu'elle vous ait demandé de faire « Aaaa ! » pour vérifier vos amygdales, vous vous sentez brusquement beaucoup mieux.

Dans la cour, personne non plus n'avait vu P. P.

– C'est à n'y rien comprendre, s'est emportée Mathilde. Il n'a quand même pas disparu comme ça ! Tu n'as rien constaté de bizarre dans son comportement ces derniers temps ?

– Non, pas plus que d'habitude.

À la réflexion, depuis quelques semaines, j'avais eu très peu de rapports avec P. P. Il expédiait ses repas, ne traînait jamais dans la cour, pressé de retrouver son box, et il n'était pas rare que la lumière brille toute la nuit derrière son rideau, fermé hermétiquement au ruban adhésif, comme s'il avait voulu protéger un secret.

Je n'y avais pas réellement fait attention sur le moment, préoccupé de mon côté par la préparation intensive de la demi-finale de baby-foot. Et puis, comme je l'ai fait remarquer à Mathilde, P. P. Cul-Vert n'a *jamais* un comportement normal.

– Qu'est-ce qu'il mijote, tu crois ? Une nouvelle invention révolutionnaire ?

– Aucune idée. Mais je connais une façon d'en savoir plus.

– Et laquelle ?

– Perquisitionner son box en cachette.

3
Scène de crime

– Mathilde, tu es complètement folle.

Pour une fille, être surprise à l'internat, c'est le peloton d'exécution assuré. Je ne suis même pas sûr que la faute soit prévue dans le règlement intérieur tellement elle est énorme. Pour son complice – c'est-à-dire moi –, c'est au moins le renvoi du collège, avec convocation des parents, conseil de discipline, inscription au casier judiciaire et j'en passe…

Mais quand Mathilde a une idée en tête, impossible de la raisonner. Sa capuche rabattue sur les yeux, comme si cela avait suffi à la faire prendre pour un garçon, elle escaladait déjà quatre à quatre les marches menant au dortoir.

Heureusement, il était désert. Le temps que je la rattrape, Mathilde avait disparu derrière le rideau de P. P.

– Sors immédiatement de là ! Tu veux vraiment que nous…

Son cri d'horreur m'a empêché de finir ma phrase.

On aurait dit qu'un troupeau d'éléphants avait dévasté le box de P. P. : plancher, lit, bureau, tout était sens dessus dessous, jonché de livres ouverts, de vêtements en boule, de paquets de biscuits éventrés et d'autres objets moins identifiables. Parmi eux, j'ai repéré : un tube de dentifrice tout aplati, des chaussettes sales, un petit réchaud à gaz, une raquette de badminton crevée, des piquets de tente, une paire de bretelles à rayures, des timbres de collection et un machin racorni qui, dans une vie antérieure, avait dû être…

– … un croissant pur beurre, ai-je diagnostiqué en me débarrassant de la chose dans la corbeille.

Mon calme et mon sens de l'analyse n'ont pas impressionné Mathilde, bien au contraire.

– Ne touche à rien, a-t-elle ordonné. Le moindre indice pourrait avoir son importance.

– Un indice ? j'ai ricané. Je défie Sherlock Holmes lui-même d'en trouver un dans ce bataclan.

– Celui qui a fouillé les affaires de Pierre-Paul cherchait quelque chose de bien précis, s'est entêtée Mathilde.

Je ne pouvais que lui donner raison : même son armoire avait été forcée. D'habitude, elle est fermée par un gros cadenas à combinaison. C'est là-dedans qu'il garde ses biens les plus précieux : plans secrets d'inventions, raviolis et compotes en boîtes, sa collection complète de devoirs corrigés, sans parler de son fameux journal intime, sobrement intitulé *Recueil de mes pensées et anecdotes de ma vie, par l'illustre Pierre-Paul Louis de Culbert.*

Est-ce cela que cherchait le visiteur ? Le contenu de l'armoire avait été répandu à terre et, comme je l'ai fait remarquer à Mathilde, le journal intime de P.P. avait disparu.

– C'est ridicule. J'aime beaucoup Pierre-Paul,

mais je ne vois pas qui pourrait avoir envie de lire son journal au point de mettre son box à sac.

– Pas un interne, en tout cas, même pour se venger de P.P. Sinon, on lui aurait fauché aussi ses provisions de fruits confits…

– Qui alors ? Quelqu'un du dehors ?

– Impossible sans qu'on le voie ou qu'on l'entende. Le box de P.P. est en face du mien, je te rappelle.

– À moins que notre cambrioleur ne soit passé quand il n'y avait personne, a observé Mathilde en caressant pensivement la fossette qu'elle a au menton.

Elle fait souvent ce petit geste quand elle réfléchit ; moi, la voir faire ça m'empêche au contraire totalement de me concentrer.

– À l'heure de l'étude du soir, par exemple, elle a continué. Juste avant le dîner. C'est le meilleur moment : plus d'externes, juste vous, les pensionnaires, et quelques pions… Tu m'écoutes ?

– Oui, oui.

– On ne dirait pas. Pierre-Paul était avec vous en permanence hier ?

– Aucune idée. J'étais en planque près du préau, à me tremper comme une soupe en attendant que tu daignes sortir du conseil de classe.

Elle a eu un hoquet indigné.

– Parce que tu crois que ça m'amuse de passer ma soirée avec l'équipe de profs au grand complet ?

Ça n'était pas le moment de nous chamailler. La fin de la récré allait bientôt sonner et, s'il y avait une chose dont je n'avais pas du tout envie, c'était de me faire surprendre avec elle dans le box de P. P. Cul-Vert.

– Filons d'ici, j'ai décrété. On réfléchira plus tranquillement en bas.

Trop tard.

Au même instant, dans notre dos, le rideau s'est ouvert brusquement.

– Pas un geste ! a tonné une voix que je connaissais trop bien. Vous êtes faits, mes gaillards !

4
Ça alors !

– Philibert !

– Rémi ! Mathilde !

– Espèce d'imbécile. Tu nous as fait une peur bleue !

J'en avais les jambes coupées, le cœur qui tressautait dans la poitrine.

– Et vous ? a riposté Philibert qui n'en menait pas plus large. Qu'est-ce que vous fabriquez dans le box de P. P. ?

Heureusement, Philibert est un bon copain. Pas toujours très fin, mais c'est mon partenaire au baby-foot, un as du contrôle-tir et de la roulette masquée.

– Ne va surtout pas t'imaginer des choses, l'a prévenu Mathilde en le fusillant du regard. On mène seulement une enquête.

– Une enquête ?

En quelques mots, j'ai expliqué la situation à Philibert. Il a ouvert des yeux ronds.

– Ça alors ! il a fait en secouant la main comme s'il avait voulu se débarrasser d'un bout de sparadrap. Tu te rends compte de la dégelée que vous auriez prise si les surveillants…

– Trêve de suppositions stupides, l'a coupé

Mathilde. Pierre-Paul était à l'étude hier soir, oui ou non ?

Philibert m'a jeté un regard interloqué avant de hocher la tête.

– Oui, enfin je crois…

– Tu crois ou tu es sûr ? C'est d'une importance capitale, Philibert !

– J'en suis sûr. Même qu'il avait plein de livres du CDI et qu'il avait l'air de bosser dur.

– Et ?

– Et rien. À un moment, il a crié « Eurêka ! » et il est remonté au dortoir comme un dératé avec tous ses bouquins. C'est tout.

– Eurêka ? j'ai répété.

– Ça veut dire « J'ai trouvé » en grec ancien, a expliqué Mathilde.

– Ça alors ! a fait Philibert. Comment tu le sais ?

– Mais tout le monde le sait ! s'est énervée Mathilde. Tu n'as jamais entendu parler d'Archimède ?

– Non. C'est un nouveau ?

Mathilde a poussé un soupir exaspéré.

– Explique-lui, Rémi. Moi, je renonce.

En fait, ça m'arrangeait bien que Philibert soit là. D'habitude, dans ce genre de situations, c'est moi qui passe pour un idiot.

– Figure-toi que personne ne l'a plus revu depuis, mon vieux.

– Qui ça, Archimède ?

– Non, ce brave P. P. Cul-Vert. Ni au dîner, ni ce matin.

– Ça alors !

– Il a disparu. Et quelqu'un lui a rendu une petite visite de politesse, j'ai ajouté en montrant le box saccagé.

– Ça alors !

– Tu vas dire « ça alors » toutes les trois secondes ? est intervenue Mathilde.

Philibert s'est tourné vers moi.

– Tu sais quoi, Rémi ? C'est vraiment un plaisir d'essayer de vous aider, toi et ta copine.

– Il faut la comprendre, j'ai expliqué. Si un pion la trouve ici, il va s'imaginer…

– On décampe, a coupé Mathilde.

Elle n'avait sans doute pas envie que je m'étende sur ce que les pions pourraient bien imaginer. Au collège, tout le monde sait que Mathilde est ma meilleure copine. Rien de plus, bien sûr. Seulement une amie. On est inséparables mais forcément, comme c'est une fille, les rumeurs sur nous vont bon train.

Entre garçons, la vie est simple. On partage tout,

on fait les quatre cents coups ensemble et, régulièrement, on resserre les liens par une bonne castagne.

Depuis le début, avec Mathilde, tout est beaucoup plus compliqué. Un exemple : si je ne remarque pas le truc qu'elle porte dans les cheveux, elle me fait la tête. Mais si j'ai le malheur de lui dire que je la trouve jolie avec, c'est pire. Elle devient rouge comme une pivoine et ne m'adresse plus la parole pendant trois jours.

En fait, c'est assez fatigant d'être ami avec une fille. Un bon conseil : n'essayez même pas. Sinon, vous vous retrouverez comme moi à changer quatre fois de tenue avant les cours, ou à bredouiller « Jbejour ! » d'un air dégagé juste parce qu'elle vous a fait le coup du battement de cils depuis l'autre bout de la cour...

Mathilde a renfilé sa capuche avec autorité avant de décréter :

– Je file la première pour ne pas éveiller les soupçons. Rassemblez tous les livres du CDI que vous trouvez dans le box de Pierre-Paul et rejoignez-moi en bas.

– On ne va quand même pas les rendre à sa place ! s'est insurgé Philibert, pour qui la bibliothèque du collège est une contrée aussi accueillante que le triangle des Bermudes.

Mathilde a haussé les épaules.

– Bien sûr que non, idiot. Tu ne comprends pas que ces livres sont notre seule piste ?

– Notre seule piste ? a répété Philibert.

Mais elle avait déjà filé, nous laissant plantés là comme deux demeurés.

– Tu sais quoi ? a fini par remarquer Philibert. Si un jour je disparais, comme P. P., dis à Mathilde d'oublier de me chercher, d'accord ?

5
Jeu de piste

– Résumons la situation…

On s'était installés dans un coin tranquille du CDI, derrière une muraille de dictionnaires et d'encyclopédies. Un exposé super urgent à faire, avait prétexté Mathilde. Philibert, de son côté, en avait profité pour prendre le large, avec pour vague mission de recueillir toutes les informations qu'il pourrait dégoter.

– Apparemment, Pierre-Paul menait des recherches approfondies, a récapitulé Mathilde. D'où ses emprunts au CDI. Hier soir, à l'étude, il trouve enfin. Quoi ? Nous l'ignorons. Mais il disparaît peu après…

– Il disparaît ou on l'enlève.

– En tout cas, quelqu'un en profite pour visiter son box, preuve que Pierre-Paul était sur un gros coup. Lequel ? Seul son journal intime pourrait nous le dire.

– Et il a disparu lui aussi. Volé…

– Ou emporté par P. P.

J'ai secoué la tête.

– C'est peut-être grave, Mathilde. Je suis pour qu'on prévienne le principal.

Mathilde a poussé un cri offusqué.

– Tu veux rire ? L'absence de Pierre-Paul est passée inaperçue pour l'instant. S'il est parti de son plein gré, il doit avoir une bonne raison. Pas question de le dénoncer.

Cafter n'a jamais été mon genre, et je n'avais à vrai dire aucune envie d'expliquer à M. Courtejambe comment nous avions découvert le saccage du box de P. P. Mais l'imaginer aux mains de dangereux ravisseurs me faisait froid dans le dos tout à coup.

– Pas faux, ai-je admis. Mais si on l'a kidnappé…

– Alors, à nous de le retrouver.

La logique de Mathilde était irréfutable, comme d'habitude.

– Et tu comptes t'y prendre comment, au juste ?

– Les livres, a fait Mathilde en les étalant devant elle. Découvrons sur quoi il travaillait et nous saurons où est Pierre-Paul.

C'était bien ma veine… D'ordinaire, une enquête est synonyme d'action et d'aventures. Pour celle-là, nous allions devoir plonger tête la première dans une marée de vieux bouquins comme des rats de bibliothèque.

Il y en avait une douzaine, d'une épaisseur décourageante. Livres d'histoire, guides touristiques, recueils de contes en vieux français, dictionnaire des noms de famille… On aurait dit que P. P. s'était ingénié à emprunter ce que le CDI propose de plus barbant.

– Ça fait au moins 2 000 pages ! j'ai protesté. On en a jusqu'à la préretraite s'il faut lire tout ce fatras !

– Ce ne sera pas la peine, a observé Mathilde. Il n'y a rien qui te frappe ?

– Non, à part ta chaussure.

Quand elle réfléchit, Mathilde a l'habitude de balancer sa jambe sans s'en apercevoir, et ça faisait dix bonnes minutes qu'elle me martelait le tibia du bout de sa basket.

– Je parlais des livres, a-t-elle corrigé en rougissant, comme si je venais de l'accuser de me faire du pied.

P. P. avait corné les pages qui l'intéressaient. Mieux, certains passages – ceux sur lesquels il s'était attardé sans doute – étaient semés d'indices si flagrants qu'on pouvait suivre sa piste à la trace.

– Éclaboussures d'encre violette… Miettes de chocolat noir enrichi en cacao… Empreintes fraîches de tranches de saucisson…, ai-je relevé. Pas de doute possible, c'est bien l'ADN de P. P.

– Partageons-nous le travail, a proposé Mathilde.

Il nous a fallu quand même un petit moment pour tout passer en revue. Visiblement, les recherches de P. P. tournaient autour de la Bretagne et de son histoire depuis le Moyen Âge. Guerres locales, légendes, personnages illustres… Un nom revenait souvent, celui de Saint-Tallec, un village de la taille approximative d'une crotte de bébé mouche qu'il avait entouré en rouge sur une carte de la région.

Curieusement, la page suivante avait été arrachée.

– Je n'y comprends rien, a fait Mathilde. Qu'est-ce que P. P. pouvait bien chercher de si extraordinaire en Bretagne ?

– Peut-être une recette révolutionnaire de pâte à crêpes, j'ai suggéré.

– Très drôle.

– Ou comment tricher au prochain championnat de lancer de menhir.

– Rémi, tu es vraiment désopilant quand tu t'y mets.

Elle avait raison. La soudaine passion de P. P. pour la Bretagne, ses costumes et ses danses folkloriques ne justifiait pas qu'on l'enlève ni qu'on passe son box à la moulinette.

– Alors ? a fait Philibert en passant brusquement la tête par-dessus la muraille de livres qui nous cachait. Vous avez trouvé quelque chose ?

– Chou blanc, mon vieux. On n'est pas plus avancés que tout à l'heure.

– Eh ben moi, j'ai du nouveau.

Il a baissé la voix pour ne pas qu'on l'entende.

– Un type rôdait hier soir dans le collège. Des gars l'ont aperçu par la fenêtre de l'étude.

– Un parent délégué qui venait pour un conseil de classe ?

– C'est ce que les gars ont pensé d'abord. Mais le type était plutôt louche : chapeau rabattu sur les yeux, imperméable couleur fumée, l'air pressé… Le plus curieux, c'est qu'il se dirigeait vers l'escalier du dortoir.

– P. P. était encore à l'étude à ce moment-là ?

– Non, il était déjà remonté.

– Et l'autre, l'homme à l'imperméable couleur fumée ? Quelqu'un l'a vu sortir ?

– Non. Vous croyez que c'est important ?

– Peut-être, a fait Mathilde. En tout cas, merci. Et excuse-moi pour tout à l'heure. J'étais un peu à cran…

Philibert a fait mine de soulever une casquette imaginaire.

– Pas de problème. À votre service, princesse.

– Et pas un mot, surtout, hein ? j'ai ajouté.

– Ça alors ! a protesté Philibert. Tu me prends pour qui ? Une balance ?

6
Eurêka !

Le mystère se corsait. Qui était cet étrange visiteur à l'imperméable couleur fumée ? Était-ce lui qui avait fouillé le box ? Avait-il enlevé P. P. ? Et si oui, pour quelle raison ?

– Je n'en ai pas la moindre idée, a soupiré Mathilde avec découragement. On tourne en rond depuis le début.

Philibert était parti. L'heure du déjeuner approchait, il était temps de vider les lieux nous aussi.

– Qu'est-ce qu'on fait des livres ? j'ai demandé.

– Pièces à conviction, a décrété Mathilde en les enfournant dans son sac à dos. On les garde.

Comme je l'aidais à tout rassembler, un bouquin est tombé. Un recueil de nouvelles de Sherlock Holmes que Mathilde avait mis de côté parce qu'il ne collait pas avec les autres.

Je me suis penché pour le ramasser et mon sang n'a fait qu'un tour.

– Eurêka !

C'était la première fois de ma vie que je parlais le grec ancien. Mais c'était le moment ou jamais : une feuille de carnet pliée en quatre s'était échappée du rabat de la couverture.

Elle contenait un bref message rédigé ainsi :

Mes bons et fidèles amis,

Puisque vous avez trouvé cette missive, c'est que j'avais raison de compter sur vos facultés de déduction.

Je suis à deux doigts de réussir.

Si je devais disparaître, retrouvez-moi où vous savez dans les plus brefs délais.

Post-scriptum : *pas un mot à quiconque. Cette aventure pourrait s'avérer archi-périlleuse !*

Le message n'était pas signé mais ce petit ton supérieur, ce goût du mystère et des mots rares étaient reconnaissables entre mille.

Du P. P. Cul-Vert tout craché.

J'ai relu le message une deuxième fois avant de le passer à Mathilde.

– Tu y comprends quelque chose, toi ?

– Pierre-Paul devait se savoir épié, menacé

peut-être. Il a voulu nous avertir, au cas où il lui arriverait quelque chose.

– Il n'aurait pas pu nous en parler directement ? Parce que sans mes ahurissantes facultés de déduction…

– *Nos* facultés de déduction, a corrigé Mathilde. Mais tu connais Pierre-Paul : il n'y a pas pire cachottier que lui.

La découverte du message lui avait redonné toute son énergie. Elle a attendu qu'on soit sortis du CDI, les livres de P. P. ballottant sur le dos, pour poursuivre avec conviction :

– En tout cas, le message est clair.

– Ah ! tu trouves ?

– C'est un SOS ou je ne m'appelle pas Mathilde Blondin.

– Ça, j'avais compris, merci. P.P. a besoin de nous. Mais bien malin qui peut dire où il se trouve en ce moment.

Mathilde a levé les yeux au ciel.

– Il l'a écrit noir sur blanc, Rémi : « où vous savez » !

– Désolé de te décevoir, mais je n'ai aucune idée d'où c'est, moi, *où-vous-savez*.

Elle a poussé un long soupir.

– Ça crève pourtant les yeux, mon pauvre Rémi. Heureusement que j'ai un cerveau pour deux !

J'allais trouver une réplique cinglante mais elle ne m'en a pas laissé le temps.

– À propos, a-t-elle lancé avec malice, qu'est-ce que tu fais pour les vacances ?

7
En route vers l'aventure

C'est ainsi que, deux jours plus tard, nous filions vers le petit bourg de Saint-Tallec dans un compartiment surchauffé de 2e classe.

Je n'avais pas eu trop de mal à convaincre ma mère. J'avais inventé une histoire de révisions intensives chez ce bon vieux P. P., et elle n'y avait vu que du feu. Quand il s'agit de ma réussite scolaire, ma mère gobe n'importe quel bobard. Mais au moment de la quitter, la honte m'avait submergé brusquement et j'avais été à deux doigts de tout lui avouer.

– Et toi ? j'ai demandé à Mathilde en hissant sa valise sur le porte-bagages. Tes parents t'ont laissée partir facilement ?

Qu'elle se sente un brin coupable elle aussi

aurait un peu soulagé ma conscience. Elle s'est contentée de hausser les épaules avec désinvolture.

– J'ai dit que tu m'avais invitée pour les vacances chez ton oncle Firmin, à la campagne.

– Tu es folle ! Et s'ils téléphonent chez moi pour vérifier ?

– Tu n'as vraiment pas le goût du risque, mon pauvre Rémi. Et puis, ne t'inquiète pas : si ça arrive, je me débrouillerai pour nous tirer d'affaire.

Mathilde a beau être la franchise même, c'est quand même une fille, capable de mentir comme un arracheur de dents quand ça l'arrange. Dans ces cas-là, elle vous regarde droit dans les yeux et papillonne des cils d'un air si innocent que vous ne pouvez que la croire sur parole.

Mais là, c'était un peu fort. Son mensonge risquait tout bonnement de faire exploser le mien en vol.

– Tu aurais pu inventer autre chose, j'ai bougonné. Et puis, qu'est-ce que tu transportes dans cette valise ? Elle pèse au moins une tonne et demie !

– Oh ! trois fois rien : des petits hauts, un sèche-cheveux, mes bottes de pluie, quelques tenues de rechange, du démêlant, ma trousse de toilette, un parapluie, un ciré, deux guides de la région, un roman policier, des piles rechargeables, ma veste polaire, plus quelques autres babioles totalement indispensables…

– Pour une semaine ?

Mes propres affaires tenaient dans un sac à dos. Elle a levé les yeux au ciel.

– Si tu as l'intention de ne pas te changer durant toute une semaine, c'est ton droit. Mais ne compte pas sur moi pour partir au bout du monde sans le strict nécessaire.

Elle ne croyait pas si bien dire.

Saint-Tallec est vraiment au bout du monde… Il nous a fallu trois changements, et chaque fois pour un train plus lent et plus délabré, avant de sauter enfin sur un quai battu par la pluie.

– Tu es sûr que c'est là ? a murmuré Mathilde pendant que je m'échinais à tirer sa valise coincée dans la portière.

La petite gare de Saint-Tallec, posée au milieu des champs, n'avait pas dû voir un passager depuis longtemps. Quelques vaches, derrière un muret, faisaient office de comité d'accueil et nous considéraient en mâchonnant comme si nous avions été d'étranges créatures de l'espace échouées là par accident.

La nuit commençait à tomber, il n'y avait pas un chat et j'ai senti la bonne humeur de Mathilde qui retombait d'un cran pendant que je tirais nos bagages à l'abri sous l'auvent.

Soudain, elle a poussé un cri :

– Là-bas ! l'homme à l'imperméable couleur fumée !

Au bout du quai, j'ai à peine eu le temps d'apercevoir une silhouette qui s'enfonçait dans l'obscurité. La seconde d'après, elle avait disparu.

– Il nous suit depuis le départ, j'en mettrais ma main à couper, a assuré Mathilde.

– Un simple passager, rien de plus.

– Tu n'as pas vu son chapeau et son imperméable ? Exactement le portrait-robot que nous a fait Philibert.

– En Bretagne, tous les gens qui portent des imperméables ne sont pas nécessairement suspects, j'ai remarqué en montrant la pluie qui dégringolait.

– C'est lui, j'en suis sûre ! Il faudrait vraiment être maboule pour s'arrêter ici sans une bonne raison.

– C'est aussi ce qu'ont l'air de penser les vaches, j'ai concédé sombrement. On fait quoi, maintenant ?

– On rejoint le village, a décidé Mathilde. Mais d'abord, je sors mes bottes en caoutchouc. Ça te fera toujours ça de moins à porter.

Je me suis à moitié étranglé.

– Tu ne crois tout de même pas que je…

– N'oublie pas que j'ai sacrifié *mon* billet de 1re classe pour voyager dans *ton* compartiment de seconde, a riposté Mathilde en me gratifiant de son regard de biche. Et puis, chevaleresque comme tu es, tu peux bien venir en aide à une voyageuse en détresse, non ?

Allez résister à ça !

Il nous a fallu une bonne demi-heure pour gagner Saint-Tallec. Par chance, la route descendait vers la mer et la valise de Mathilde avait des roulettes.

Mathilde marchait en tête. À un moment, elle a voulu faire du stop. Mais la seule voiture que nous avons rencontrée est passée en trombe, l'arrosant de la tête aux pieds.

– Heureusement que tu avais emporté aussi ton ciré, j'ai dit en rigolant. Et puis ton sèche-cheveux.

– Pierre-Paul va nous le payer cher ! a-t-elle juré.

– Si on le retrouve…

Nous nous étions jetés dans l'aventure tête baissée, trop heureux d'échapper à la sinistre perspective de vacances à la maison. P. P. avait besoin de notre aide, d'accord. Mais comment trouver sa trace dans Saint-Tallec ? Était-ce même seulement l'endroit que désignait le mystérieux « où vous savez » de son message ?

Difficile d'imaginer, en tout cas, pourquoi P. P. avait pu consacrer son prodigieux cerveau à ce patelin. Le mot est même un peu fort pour donner une idée des lieux : une poignée de maisons blanches serrées autour d'un petit port, des bateaux de pêche à l'amarre, un café encore ouvert vers lequel Mathilde s'est dirigée d'un pas décidé.

La salle était vide. Le patron nous a regardés entrer avec curiosité.

– Vous êtes tombés dans le bassin ? il a demandé en considérant nos vêtements et nos bagages dégoulinants.

– La pluie depuis la gare, a expliqué Mathilde d'un air glacial.

– Allons, a fait le patron sans rire, il ne pleut jamais en Bretagne.

– Prévenez-nous quand ça arrivera pour qu'on puisse louer des scaphandres, a riposté Mathilde du tac au tac.

Deux crêpes au sucre et un bon chocolat chaud plus tard, on avait retrouvé un peu de couleurs. Mais la nuit était complètement tombée cette fois. Ce n'était plus le moment de rechercher P. P.

Le patron, habilement interrogé par mes soins, a secoué la tête.

– Un garçon grassouillet, vous dites, avec des lunettes et un faux air de batracien ? Non, ça ne me dit rien. Mais vous savez, on n'a pas beaucoup de passage en cette saison.

– Rien d'étonnant, a murmuré Mathilde dans sa barbe. Il y a des hôtels dans ce trou… euh… ce charmant village ? a-t-elle ajouté à haute voix.

– Un seul. L'hôtel du Phare.

– Il est loin ?

– Au premier étage, a dit le patron en montrant l'escalier qui grimpait derrière le bar.

– Parfait, a dit Mathilde. Alors nous prendrons deux chambres.

8
Ma nuit avec Mathilde

– Tu es multimilliardaire ou quoi ? j'ai protesté quand on s'est retrouvés seuls. Je n'ai pas les moyens de descendre à l'hôtel, moi !

Pour me payer le billet de train, j'avais dû sacrifier tout l'argent de poche que je mettais de côté depuis plus de six mois pour m'acheter une nouvelle paire de chaussures de foot.

– Ne t'inquiète pas, m'a rassuré Mathilde. C'est Pierre-Paul qui paiera. Ses parents sont pleins aux as et il nous doit bien ça.

Nos chambres, à peine grandes comme deux cabines de bateau, communiquaient entre elles. Mathilde avait eu le temps de prendre une douche et d'enfiler des vêtements secs. Ses cheveux étaient tire-bouchonnés dans une serviette éponge qui lui donnait un air de princesse orientale.

– Et si ses ravisseurs ont déjà passé P. P. au presse-purée ? j'ai observé. Je ne me vois pas faire la vaisselle ici jusqu'à la fin de mes jours pour payer notre note, figure-toi.

– Aucun risque, a ironisé Mathilde. Pierre-Paul est tellement insupportable que ses ravisseurs doivent être prêts à payer eux-mêmes une rançon pour s'en débarrasser !

Dehors, la pluie tombait toujours. On entendait tinter les drisses des bateaux dans le port, des mouettes piailler. On se serait presque crus dans un navire, bien au sec pendant que dehors la tempête faisait rage.

Finalement, l'idée de passer la nuit à l'hôtel du Phare avec Mathilde n'avait rien de si désagréable.

Assis sur son lit, je sentais une douce somnolence m'envahir tandis qu'elle étalait entre nous les livres empruntés au CDI par P. P.

– Pendant que tu faisais lâchement la sieste dans le train, a-t-elle observé, je n'ai pas perdu mon temps. Apparemment, Pierre-Paul s'intéressait de près à un certain sieur de Collibertus. Alberic de Collibertus.

– Tu parles d'un nom. Et il faisait quoi dans la vie, ton sieur de Collibertruc ?

– Collibertus, a corrigé Mathilde. Il était corsaire. Du moins, d'après la légende. Il aurait abandonné la mer et se serait établi près de Saint-Tallec, au XIIe siècle, dans un endroit appelé Kastell-Bihan. D'après les livres de Pierre-Paul, ça veut dire « petit château », en breton.

– Et ?

– C'est tout, a-t-elle avoué. Dommage que M. Coruscant ne soit pas là. Il aurait sans doute pu nous en apprendre davantage sur ce personnage.

En fait, je n'avais pas du tout envie de partager cet instant avec notre professeur principal, même si c'est un puits de science. Être tout seul avec Mathilde m'allait parfaitement, et j'étais même prêt à abandonner P. P. à son triste sort pour prolonger ce moment.

– Allez ouste ! a fait Mathilde comme si elle avait lu dans mes pensées. Retourne dans ta chambre et dormons. La journée a été longue et nous avons besoin d'être en forme pour demain.

J'ai tenté de gagner du temps.

– Explique-moi d'abord quelque chose : le XIIe siècle, c'est bien l'époque des courses de chars ?

Mathilde m'a montré la porte de communication.

– Bien tenté, Rémi, mais ça ne marche pas. Si tu n'as pas rejoint ta tanière dans une demi-minute…

– Ça va, j'ai grommelé. Pour une fois que j'essayais de m'instruire…

– Prends un livre de Pierre-Paul, a-t-elle suggéré avec malice.

Je suis sorti en traînant les pieds, accablé par tant de mauvaise foi.

– Bonne nuit, Rémi.

– C'est ça. Bonne nuit.

– Et ne ronfle pas comme dans le train !

J'ai voulu riposter, mais elle avait déjà refermé la porte derrière moi.

Tout seul dans ma petite chambre, je trouvais la soirée franchement moins drôle. Les draps étaient humides, la télévision avait un problème d'antenne et, au lieu de la coupe d'Europe, elle retransmettait sur toutes les chaînes un programme unique : tempête de neige sur écran noir.

Finalement, je me suis décidé à éteindre. Mais sans la lueur orange de l'affreuse lampe de chevet, la chambre paraissait encore plus sinistre.

J'avais beau me tourner et me retourner dans le lit, impossible de trouver le sommeil.

Discrètement, j'ai tapoté sur la cloison.

– Tu dors ?

Pas de réponse.

– Tu dors ? ai-je répété plus fort.

Toujours rien. Mathilde m'avait lâchement abandonné.

J'ai remonté ma couverture jusqu'au menton, jeté mon blouson par-dessus pour avoir plus chaud et me suis résigné à passer une nuit blanche.

Quelques minutes après, je dormais à poings fermés.

Est-ce la chambre en forme de cabine de bateau ? Le ruissellement continu de la pluie sur les vitres ? Dans mes rêves, je voguais sur une mer déchaînée, à bord d'un navire corsaire dont le capitaine répondait au nom étrange d'Alberic de Collibertus.

9
Kastell-Bihan

Ce sont des coups tapés à la porte de communication qui m'ont tiré du sommeil.

– Debout, flemmard ! Il est presque huit heures.

J'ai mis quelques secondes à reconnaître la voix enjouée de Mathilde.

– Presque huit heures ? j'ai protesté, la voix pâteuse. Un jour de vacances ? C'est de la persécution !

– Prépare-toi et retrouvons-nous au petit déjeuner, a lancé Mathilde à travers la cloison.

Quelques secondes plus tard, la porte de sa chambre claquait et j'entendais ses pas dévaler l'escalier.

La perspective d'un demi-litre de café au lait et d'une centaine de croissants chauds était bien la seule chose qui pouvait me ramener à la vie…

Péniblement, je me suis dépêtré des draps en tire-bouchon et j'ai repoussé les volets.

Il pleuvait toujours. Un crachin glacial ridait l'eau du bassin.

J'allais refermer la fenêtre, déprimé par ce triste spectacle, quand quelque chose a attiré mon attention.

Une petite embarcation à moteur quittait le port. L'homme qui tenait la barre portait un chapeau rabattu sur les yeux et un imperméable couleur fumée.

Mais ce n'était pas le plus incroyable. À côté de lui, un passager en ciré essuyait frénétiquement ses lunettes trempées de pluie. Ce visage en forme de lune, cette silhouette rondouillarde... Il n'y avait pas de doute possible : c'était P. P. Cul-Vert.

– P. P. ! j'ai beuglé en agitant les bras. P. P. !

Mais le bateau quittait déjà le port en pétaradant. Le temps de sauter dans un jean, d'enfiler à la diable une chemise et un pull marin, j'ai dégringolé l'escalier jusqu'au café où Mathilde était déjà attablée.

– Fais-moi penser à t'offrir un vrai peigne avec des dents pour ton anniversaire, a-t-elle dit en me voyant débouler hors de moi.

– P. P. ! j'ai balbutié. Bateau ! Le port !

– Je sais qu'il est très tôt pour toi, a rigolé Mathilde, mais n'hésite pas à faire des phrases si tu peux.

– P. P. ! Il était là. Je te dis que je l'ai vu.

Je lui ai tout expliqué sans reprendre mon souffle. Au fur et à mesure de mon récit, ses yeux s'élargissaient.

– Avec l'homme à l'imperméable couleur fumée ? a-t-elle fini par murmurer. Prisonnier ?

– Je ne sais pas. En tout cas, il a fait comme s'il ne me voyait pas. Plutôt bizarre, non ?

– Tu l'as dit. Au moins, c'est la preuve que nous ne nous sommes pas trompés. Pierre-Paul est ici, sans doute en danger. Il faut agir, et vite.

– Je te préviens, j'ai dit, en enfournant une moitié de croissant, pas question de voler un chalutier pour nous lancer à sa poursuite, si c'est à ça que tu penses.

– On n'en aura pas besoin. Pendant que tu faisais la grasse matinée, je me suis renseignée discrètement auprès du patron : Kastell-Bihan n'est qu'à quelques kilomètres par la côte. Je suis sûr que c'est là que Pierre-Paul est retenu. Quand tu auras fini de te goinfrer…

Quatre croissants et quelques coups de peigne plus tard, nous quittions l'hôtel du Phare.

– Vous n'aurez qu'à suivre la route de la côte, nous a expliqué le patron. Vous ne pouvez pas manquer le château.

Je n'avais aucune envie de me taper la valise de Mathilde une deuxième fois, et le patron nous a autorisés à laisser les bagages à l'hôtel.

– Si vous voulez, a-t-il proposé, prenez donc le tandem que je prête aux clients. Vous irez plus vite qu'à pied.

– À vélo, par ce temps ? j'ai objecté.

Le patron m'a regardé comme s'il avait affaire à un demeuré.

– Allons, il ne pleut jamais en Bretagne.

– On vous croit sur parole, a fait Mathilde. Merci pour la proposition.

Un conseil : ne faites jamais du tandem avec

une fille. Surtout quand la bécane pèse une demi-tonne et date au moins de l'ère glaciaire.

Mathilde était montée sur la selle arrière et elle se laissait transporter sans pédaler, se contentant d'admirer le paysage et de me hurler dans l'oreille à chaque faux plat :

– Du jarret, mollasson !

La route serpentait entre une côte déchiquetée et des prairies bordées de petits murs. Vent de face, la pluie dans la figure, j'avais l'impression de faire du surplace. Mathilde a beau être plutôt menue, j'avais les mollets en feu et je crachais mes poumons comme un coureur du Tour de France dans une étape de montagne.

Soudain, l'horizon noir s'est déchiré au loin,

révélant une petite île sauvage posée au milieu de la baie.

– Kastell-Bihan, a crié Mathilde à travers mon bonnet. Courage, Pierre-Paul, on arrive !

– Tu veux me rendre sourdingue, en plus ? j'ai haleté.

– Mon pauvre Rémi, a fait Mathilde, pour un garçon, tu es vraiment une petite nature.

– Je t'y verrais, tiens ! Tu n'as qu'à pédaler toi-même puisque tu es si forte.

J'aurais mieux fait de me taire. Mathilde s'est aussitôt mise en danseuse et, d'un coup de pédale, a lancé le tandem dans la descente qui s'ouvrait devant nous.

J'ai toujours détesté les grands huit et les toboggans de la mort. Les mains crispées sur les freins, je dirigeais à peine la bécane. Un coup de guidon à droite, un autre à gauche et, franchissant par miracle une petite barrière en bois, nous avons fini notre course sur la plage, les pneus freinant en douceur dans le sable mou.

– Tu vois, quand je m'y mets, ça décoiffe, a lancé Mathilde en sautant souplement de sa selle.

– Tu as failli nous tuer, oui.

J'avais les jambes en compote et le cœur qui cognait à cent à l'heure.

– Petite nature *et* trouillard, a fait Mathilde avec un rire moqueur. Quel aventurier !

– Si on espérait une arrivée discrète, c'est raté, j'ai remarqué. Avec les cris que tu as poussés, même les poissons sont au courant.

– Tu as raison. Cachons le tandem et finissons à pied.

Depuis la plage, Kastell-Bihan paraissait plus sinistre que de la route. C'était un îlot minuscule, couvert d'une végétation noirâtre à travers laquelle on distinguait les toits d'une vieille bâtisse perdue dans le crachin.

L'île se trouvait à quelques centaines de mètres à peine du rivage. À marée basse, elle était reliée à la terre par une chaussée de pierre moussuc et glissante, pleine de trous d'eau où l'on apercevait de petits crabes presque transparents.

Après avoir planqué le tandem dans les genêts, nous avons pris le chemin du château. Il fallait sauter entre les flaques, éviter les touffes de goémon qui crevaient sous les semelles avec de petits plop ! comme du papier à bulles.

Heureusement, j'avais mes vieilles baskets. Mais après quelques minutes de ce traitement, elles étaient aussi trempées que si je les avais sorties du tambour de la machine à laver.

– Quand je te disais que je n'ai emporté que l'indispensable, a remarqué Mathilde en montrant ses bottes de caoutchouc. Rien de mieux pour le moral que d'avoir les orteils au sec.

Par instants, nous nous enfoncions dans une sorte de vase noirâtre qui produisait en se décollant un bruit de succion répugnant.

– J'espère au moins qu'il n'y a pas de sables mouvants, j'ai grincé. Je détesterais finir digéré par un crabe.

À mesure que nous en approchions, l'île paraissait plus escarpée. Pour grimper au château, il fallait emprunter une sorte de sentier de chèvres. Au moins, on ne pataugeait plus. Mais le chemin s'est achevé bientôt sur un mur d'enceinte infranchissable, derrière lequel se dissimulaient les bâtiments d'habitation.

L'endroit rêvé pour garder quelqu'un prisonnier, j'ai pensé. Et Mathilde a dû avoir la même idée que moi parce qu'il y avait de l'anxiété dans sa voix quand elle a demandé :

– Et maintenant, comment on s'y prend ?

Le château de Kastell-Bihan était bien protégé. Une lourde porte cloutée se dressait devant nous et les murs étaient beaucoup trop hauts. Tenter de les escalader, sous la pluie en plus, aurait été une vraie folie, même pour quelqu'un d'aussi sportif que moi et d'aussi agile que Mathilde.

Il fallait faire vite en tout cas si on ne voulait pas rester coincés là nous aussi : la marée remontait, léchant déjà l'extrémité opposée de l'île.

Il était grand temps que quelqu'un de compétent prenne les choses en main.

– On fait comme au poker, j'ai dit. On y va au bluff.

– Ça t'ennuierait d'être plus clair ?

– Rien de plus simple : on sonne et on demande à récupérer P. P.

– Génial, ton plan ! Parce que tu crois que les ravisseurs vont le libérer comme ça, juste par politesse ?

– C'est là qu'on bluffe : on leur dit que la gendarmerie est prévenue, que l'île est cernée et que c'est leur dernière chance.

Mathilde n'a pas paru entièrement convaincue.

– Ça peut marcher, a-t-elle admis avec une moue, avant d'ajouter en montrant la plage vide derrière nous : À condition que les kidnappeurs prennent les mouettes pour des policiers en tenue de camouflage…

– Tu as une meilleure idée ?

– Non, a-t-elle avoué. Allons-y pour le coup de poker…

Je me suis bien gardé de le lui dire, mais le problème avec le bluff, c'est que, si ça ne marche pas, on n'a vraiment rien dans ses cartes quand on abat son jeu.

Prenant une profonde inspiration, j'ai tiré la sonnette du portail.

10
Un étrange accueil

L'écho lugubre d'une cloche a résonné derrière le mur d'enceinte, se mêlant au ruissellement de la pluie.

Don-dong ! Don-dong !

Je n'ai pas pu m'empêcher de réprimer un frisson. Instinctivement, Mathilde s'était rapprochée de moi, pressant son bras contre le mien. L'heure de vérité était arrivée.

Don-dong ! Don-dong !

La cloche a résonné une deuxième fois. Rien ne s'est produit.

– Tu crois qu'il n'y a personne ? a murmuré Mathilde. On aurait…

« On aurait fait tout ça pour rien ? » voulait-elle dire sans doute. Mais elle n'a pas eu le temps de finir.

Une sorte de volet en bois venait de s'ouvrir dans le portail et un visage est apparu par l'entrebâillement.

Un visage, c'est beaucoup dire. Deux petits yeux sombres plutôt, surmontés d'épais sourcils, qui nous dévisageaient avec méfiance. L'illustration parfaite de l'expression « aimable comme une porte de prison ».

L'inspection n'a duré qu'une seconde, puis le portail s'est ouvert en grinçant. Cette fois, nous entrions dans le vif du sujet. Je me suis raidi, serrant les poings, prêt à défendre Mathilde si les choses tournaient mal.

– Mademoiselle Blon…ondin, monsieur Pha…aramon, a bégayé l'homme qui se tenait sur le seuil. Bienvenue au Ka…astell-Bihan.

Mathilde et moi avons échangé un regard interloqué. « Bienvenue » ? Qu'est-ce que cela signifiait ? Et comment ce personnage connaissait-il nos noms ?

– Si vous vou…oulez bien me suivre jusqu'à la sa…alle d'audience.

Le portier s'est s'effacé pour nous laisser entrer.

Il ne devait pas être bien grand, dix bons centimètres de moins que moi ; mais son visage buriné était large, avec une barbe rase et des cheveux

poivre et sel en brosse, et ses mains semblaient capables de réduire en miettes, d'une simple pression, les pinces des crabes les plus coriaces.

Même son bégaiement avait quelque chose d'inquiétant, comme s'il n'avait pas eu complètement le don de la parole.

– La salle d'audience ?

– Nous vous a…attendions un peu plus tôt, a observé le bonhomme d'un ton sévère. J'espère qu'elle dai...aignera encore vous recevoir. Sui... ivez-moi.

Mathilde m'a interrogé du regard. « Elle » ? Mais de qui donc parlait-il ?

De plus en plus bizarre.

Nous étions peut-être en train de nous jeter dans la gueule du loup, mais il était trop tard pour faire marche arrière. Le lourd portail venait de se refermer derrière nous.

Il n'y avait plus rien à faire que de suivre le petit homme qui s'éloignait déjà vers la demeure – sans penser une seconde, bien évidemment, à nous faire profiter de son parapluie.

Kastell-Bihan portait bien son nom. Un parc minuscule entourait une bâtisse déglinguée qui ressemblait plus à un manoir qu'à un château : une construction carrée en pierre grise sur laquelle s'appuyait une tour ronde au toit à moitié crevé.

– Accueillant, a observé Mathilde entre ses dents.

– Tu l'as dit !

– Au moindre geste suspect, assomme-le et tirons-nous d'ici, d'accord ?

– Compte sur moi, j'ai fait.

Elle en avait de bonnes ! Le portier avait l'air d'être en granit et, en pensée, j'ai vu mon poing éclater en petits copeaux sur son front sans même lui arracher une grimace de surprise.

– A…attendez là, a-t-il ordonné après nous avoir fait entrer. Je la préviens de votre a…arrivée.

– Il doit y avoir une erreur, a commencé Mathilde. Inutile de déranger votre patronne, nous…

Mais le bonhomme avait déjà disparu par une porte voûtée, nous laissant seuls dans le grand hall.

– Tu y comprends quelque chose, toi ? a chuchoté Mathilde.

La pièce ressemblait à une sorte de parloir, avec des chaises à dossier de velours alignées contre les murs, des blasons encadrant l'unique fenêtre. Il y avait aussi une cheminée mais sans feu. De quoi attraper la mort si on nous faisait poireauter trop longtemps.

Bientôt, la porte principale s'est ouverte à deux battants.

– Vous pou…ouvez entrer, a dit le petit homme. Sa Majesté va…a vous recevoir.

11
L'audience royale

– Sa Majesté ?

– Elle-même ! a claironné au fond de la salle une voix inimitable. Venez à moi, mes bons. Quelle joie de vous savoir céans !

La surprise nous a coupé le souffle. C'était P. P. Cul-Vert.

Visiblement, il sortait tout juste du lit. Il trônait en pyjama et pantoufles, boudiné dans une ridicule robe de chambre à ses initiales, une serviette de table nouée autour du cou. Sur la table devant lui s'amoncelaient les restes d'un petit déjeuner et une montagne de vieux dossiers.

– Pardon de ce désordre mais vous me surprenez à mon petit lever, j'en ai peur, a-t-il continué. Les affaires du royaume... Que de responsabilités nouvelles pour un être tout juste sorti de l'enfance !

Heureusement, vous êtes là désormais. Rien ne vaut de solides vassaux sur lesquels s'appuyer.

Comme nous restions bouche bée :

– Oubliez l'étiquette, mes amis. Approchez-vous de Ma Grandeur et baisez ma main potelée en toute simplicité.

Qu'est-ce que c'était que ce délire ?

Mathilde a été la première à réagir.

– Pierre-Paul, a-t-elle lancé en le menaçant du doigt, tu ne crois pas que…

– Appelle-moi Votre Altesse, l'a coupée P. P. en montrant le personnage qui nous avait ouvert. Jean-Jean, ici présent, est à la fois mon chambellan et mon chef du protocole. Je crains qu'il ne tolère pas tes excès de familiarité.

C'était un peu fort ! On avait sacrifié nos vacances pour voler à son secours et c'est comme ça qu'il nous accueillait ?

– Mon vieux P. P., j'ai dit, tu vas devoir t'expliquer, et rapidement !

– La règle vaut aussi pour toi, mon bon Rémi. Certes, nous avons été camarades d'internat jadis, mais ce passé ne t'autorise pas à fouler aux pieds les égards que tu dois à ma royale personne.

Il s'est tourné vers celui qu'il avait appelé son chambellan.

– Vous pouvez nous laisser, Jean-Jean.

– À vos ordres, Ma…ajesté.

Ce dernier avait à peine fermé la porte que je suis tombé à bras raccourcis sur P. P.

– À nous deux, maintenant. Tu peux numéroter tes abattis !

P. P. a poussé un glapissement avant de chercher refuge sur une table. Mais celle-ci a basculé sous son poids, projetant aux quatre coins de la pièce dossiers moisis, tasses et toasts beurrés à la façon d'une catapulte.

– Pitié, mes amis ! Je vais tout vous expliquer, a bredouillé P. P. en se relevant avec le peu de dignité royale qui lui restait.

– Excellente idée, a approuvé Mathilde.

J'ai montré la tête de sanglier empaillée qui surmontait la cheminée.

– À moins que tu préfères terminer ta glorieuse existence comme élément décoratif…

– Mes inestimables camarades, a promis généreusement P. P., vous saurez tout. Pourquoi ne partageriez-vous pas ma royale collation pendant que nous devisons aimablement ?

J'ai lorgné vers les rogatons de tartines à la confiture de groseilles et au beurre d'anchois qu'il nous offrait.

– Raconte, P. P., j'ai dit en l'asseyant de force dans un fauteuil.

– D'accord. Je cède devant la force aveugle et brutale. Mais à une condition…

– Une condition ?

– Que tu cesses d'utiliser ce sobriquet ridicule qui offense ma personne. Sinon, vous n'obtiendrez rien de moi, même sous la torture.

J'ai regardé Mathilde avec découragement.

– D'accord, Votre Majestuosité, j'ai soupiré finalement. Maintenant, accouche !

12
L'incroyable histoire de P. P.

– Très chère Mathilde, a commencé P. P. en croisant confortablement ses petites mains sur son estomac, et toi, mon bon vieux Pharamon, apprenez que la famille de Culbert remonte à la nuit des temps…

– Tu veux dire qu'il y avait déjà des petits binoclards grassouillets dans les cavernes préhistoriques ?

– Rémi, est intervenue Mathilde avec impatience, si tu l'interromps tout le temps, on n'y arrivera jamais.

– Selon les dictionnaires des noms de famille les plus autorisés, a continué P. P., imperturbable, notre patronyme vient d'un vieux mot latin qui veut dire à peu près…

– « Fesse verte » ? j'ai proposé.

P. P. a eu un petit rire méprisant.

– Voilà qui en dit long sur ton niveau en latin, mon pauvre Rémi.

– Pierre-Paul, a dit Mathilde, nous ne sommes pas là pour que tu nous fasses un cours d'étymologie. Si tu en venais plutôt au fait ?

– J'y arrive, rassure-toi. Tout a commencé au CDI, il y a quelques semaines… Pour tromper mon ennui, je m'étais plongé dans la lecture d'un opuscule découvert par hasard sur un rayonnage : un recueil de récits du Moyen Âge, rédigés en ancien français, et qu'à mon avis aucun élève n'a dû ouvrir à part moi. Soudain, au milieu d'une de ces chroniques savoureuses, mon sang n'a fait qu'un tour : on y évoquait un certain corsaire dont le nom, je vous le donne en mille, était…

– Alberic de Collibertus ?

P. P. a ouvert des yeux ronds.

– Comment connais-tu ce nom ?

– Oh ! pure intuition féminine, a fait Mathilde en battant modestement des paupières. Mais continue.

– Le *chevalier* Alberic de Collibertus, plus précisément, a corrigé P. P., agacé qu'elle lui ait coupé ses effets. Et ce que tu ignores sans doute, ma bonne Mathilde, c'est l'illustre destin de cet homme. Le voici, rapidement brossé avec ce sens inné de la synthèse qui me caractérise.

Interrompre P. P. quand il décide d'étaler ses connaissances est à peu près aussi impossible que d'empêcher un vieux camembert de couler. Mieux valait prendre un fauteuil à notre tour et nous résigner à l'écouter jusqu'au bout.

Il s'est raclé la gorge et a entrepris son récit :

– Sachez tout d'abord qu'Alberic de Collibertus a commencé comme simple moussaillon. On sait très peu de choses sur ses débuts, mais il semble que son courage et son habileté en aient fait très vite un marin de premier ordre. Quand on retrouve sa trace, il est devenu capitaine corsaire et écume les mers du globe, pillant les navires étrangers pour le compte du roi de France, Philippe Auguste, qui finit par le faire chevalier. Mais c'est sa dernière mission qui a assis définitivement sa renommée…

P. P. a fait une pause, se renfonçant douillettement dans son fauteuil avant d'en venir à l'essentiel.

J'avais beau bouillir d'impatience, son histoire commençait à m'intriguer, même si je ne voyais pas quel rapport elle pouvait avoir avec sa disparition.

J'ai toujours aimé les récits de corsaires et de pirates. Passer son existence un bandeau sur l'œil à courir le monde et à piller les riches, ça m'aurait assez plu, comme projet professionnel. Pas besoin de connaître les maths ou le latin. Il faut être bon en sport (je le suis), pas trop discipliné (c'est ma spécialité) et ne pas avoir froid aux yeux (mon portrait tout craché). Malheureusement, ce n'est pas le genre de métiers qu'on vous propose dans les brochures d'orientation.

– À cette époque, a repris P. P., vers la fin du XIIe siècle, les brigands étaient légion. L'un d'entre eux, un pirate du nom de Jehan de Kermadec, faisait régner la terreur depuis le petit îlot fortifié où il s'était retranché. Fatigué de ses vilenies, le roi chargea Alberic de Collibertus de le bouter hors de chez lui. Notre vaillant chevalier attaqua son fortin par la mer. Au terme de combats sanglants dont je vous passe les détails, il prit l'îlot et zigouilla proprement l'infâme Jehan de Kermadec. Pour le remercier de sa prouesse, Philippe Auguste le fit roi de ce petit bout de terre sous le nom d'Alberic Ier.

– Et ce petit bout de terre, j'imagine, n'est autre que l'îlot de Kastell-Bihan, n'est-ce pas ? a observé Mathilde.

– Non, pas l'îlot : le *royaume* de Kastell-Bihan, a corrigé P. P. en balayant la pièce d'un geste triomphal. Où j'ai le plaisir de vous honorer aujourd'hui de ma fastueuse hospitalité !

Derrière les verres douteux de ses lunettes, ses yeux brillaient d'excitation.

– Passionnant, j'ai coupé en échappant de justesse à ses postillons. Mais ça n'explique toujours pas…

– Ma présence ici ? Mais si, cher Rémi. C'est là qu'intervient mon ébouriffante perspicacité. Figurez-vous, mes preux camarades, que le nom glorieux des de Culbert vient de « Collibertus ». Ce brave Alberic a donc l'insigne honneur d'être mon propre ancêtre.

Il a ménagé une dernière pause, savourant la stupeur qu'il lisait sur nos visages, avant de lâcher, en se rengorgeant de fierté :

– Ce qui fait de moi, vous l'aurez deviné, le nouveau roi de Kastell-Bihan !

13
Un ancêtre assommant

Un silence stupéfait a accueilli cette révélation. Une des lourdes masses d'armes qui décoraient les murs nous serait tombée sur la tête que nous n'aurions pas été plus ahuris, Mathilde et moi.

– Il est fou, ai-je dit finalement.

– Complètement malade, a approuvé Mathilde en contemplant P. P. avec pitié.

– Que nenni, mes bons ! a rétorqué ce dernier avec un air de dignité outragée. Voilà le document qui le prouve, établi par le notaire de Saint-Tallec chargé de la succession. Il atteste que, étant le dernier descendant mâle de la lignée, j'hérite du royaume d'Alberic Ier et de son titre de roi.

Mathilde a attrapé avec humeur le papier qu'il cherchait à nous fourrer sous le nez.

– Fariboles ! Je te rappelle, Pierre-Paul, qu'il

n'y a plus de roi en France depuis 1789, et qu'on a même coupé la tête au dernier.

– Et si on lui faisait la même chose ? j'ai suggéré.

– Là encore, le notaire est formel, a riposté P. P. en brandissant un autre document. La royauté de Kastell-Bihan n'a jamais été abolie. C'est pourquoi j'ai décidé de prendre aussitôt mes quartiers dans mon fief, où m'a accueilli le fidèle Jean-Jean. Étant mineur par l'âge, bien que d'une maturité d'esprit proprement déconcertante pour mes deux ans d'avance, je n'ai pas encore signé l'acte de propriété. Mais je suis bel et bien le roi de cette île, et ce par la volonté incontestable de Philippe Auguste lui-même !

– Je ne comprends rien à ce charabia de notaire, a soupiré Mathilde en reposant les documents sur la table après un rapide examen. Mais regarde, a-t-elle ajouté à mon intention, en désignant la peinture noirâtre qui se dressait au-dessus de la cheminée. Si incroyable que cela paraisse, j'ai bien peur que Pierre-Paul n'ait raison.

Le tableau montrait un homme au visage sévère, posant en habit de cérémonie devant un paysage de combat naval. Sans doute Alberic de Collibertus.

En y regardant de plus près – si on oubliait son chapeau de corsaire et la cicatrice qui courait de la pommette au menton –, l'homme du portrait ressemblait à s'y méprendre à P. P. Même ventre en brioche, même petite bouche pincée, même manière de vous regarder comme si vous n'étiez qu'une misérable crotte de nez.

– Frappant, tu ne trouves pas ? a jubilé P. P. en se plantant au pied de son illustre ancêtre, une main sur l'estomac comme s'il avait été Napoléon en personne.

Une ressemblance *frappante*, c'était le mot juste. Au même instant, le tableau s'est détaché du mur et, si je n'avais pas poussé P. P. de côté d'une bourrade, le lourd cadre doré l'aurait coupé en deux comme une lame de guillotine.

– Ma…ajesté ? Tout va…a bien ?

Jean-Jean, alerté par son glapissement, avait fait irruption dans la pièce.

– Oui oui, Jean-Jean.

– Pas de bobos, a confirmé Mathilde.

– Sauf pour ce malheureux sieur de Collibertus, j'ai remarqué en redressant le tableau. Mon pauvre P. P., tu as bien failli te prendre ton ancêtre dans le baba !

Par chance, la toile ne s'était pas déchirée, mais le cadre de bois avait explosé sous le choc. C'est la corde soutenant le tableau qui avait lâché. Pas étonnant, tout semblait mangé aux mites dans ce castel.

Le brave Jean-Jean a déposé les restes du chevalier de Collibertus contre le mur, d'où il a semblé nous lancer un regard de dignité offensée, comme si nous l'avions fait tomber volontairement de son piédestal.

– Désolé, Votre Ma…ajesté. Un malen… encontreux accident.

– Allons faire un tour, a proposé Mathilde. Nous avons tous besoin de prendre un peu l'air, je crois.

– Après le déjeuner, a dit P. P. Ces émotions m'ont donné faim et Jean-Jean est un vrai cordon-bleu.

14
Le royaume de P. P.

Une heure plus tard, P. P. nous faisait visiter son royaume. Pour l'occasion, il portait une veste verdâtre à col de velours, des bottes de chasse et, sur la tête, quelque chose qui ressemblait à un mouton crevé.

– Une perruque royale, a-t-il expliqué devant mes ricanements. Chaude et confortable, même si elle sent un peu le moisi… Tu ne voudrais tout de même pas que je me promène tête nue sur mes terres comme un vulgaire manant !

La bruine du matin avait laissé place à un début d'orage. Le ciel était noir, l'air chargé d'humidité. Derrière l'enceinte bornant la propriété, la mer battait furieusement les rochers, explosant en gerbes d'écume.

– J'ai bien peur, mes doux amis, que vous ne

soyez obligés d'accepter mon hospitalité pour la nuit, a remarqué P. P. en retenant sa perruque bouclée pour ne pas qu'elle s'envole.

Mathilde a secoué la tête.

– Maintenant qu'on t'a trouvé, on ne te lâche plus.

– Et nos bagages ? Je te rappelle qu'ils sont restés à l'hôtel.

– Sois sans crainte, Rémi. Vous trouverez tout le confort au palais.

La marée resterait haute jusqu'au lendemain matin, avait-il expliqué. Impossible de regagner le rivage autrement qu'en bateau, et je n'avais aucune envie de prendre ce risque pour un pyjama et une brosse à dents.

Le royaume de P. P. se limitait à un petit bout

de terre nue. Un pré pelé, une vieille baraque de pêcheur donnant sur un débarcadère. En dix minutes, le temps d'être trempés comme des mouillettes, nous en avions fait le tour.

– Voilà tous tes sujets ? a demandé Mathilde en désignant la poignée de moutons aux poils dégoulinants qui broutaient sous la pluie.

– Tu oublies Jean-Jean. Et puis vous deux, mes fidèles barons... D'ailleurs, a ajouté P. P. en se drapant dans sa perruque trop grande, l'importance d'un monarque ne se mesure pas à la taille de son royaume, sachez-le. Le mien est de dimensions réduites mais j'ai bien l'intention, comme mes collègues rois de France, d'y battre bientôt ma propre monnaie.

– Avec ta face de lune gravée sur les pièces, comme sur les louis d'or ?

– Naturellement. Et si vous voulez changer dès aujourd'hui vos euros contre mes culverts...

P. P. Cul-Vert sera toujours le même. Courez au bout du monde pour le tirer des pires dangers et il n'hésitera pas, en guise de remerciements, à vous filouter sans remords.

– À ce propos, a-t-il continué, je ne sais pas encore sous quel nom je vais régner. Que pensez-vous de Moi-Même Ier ?

Mathilde a fait la moue.

– Trop modeste, à mon avis.

– Pourquoi pas Bouffi Ier ? j'ai proposé.

La pluie tombait maintenant à verse. Il était grand temps de rentrer.

– Voyez comme c'est ingénieux, a fait P. P. en montrant sa perruque sur laquelle l'eau ruisselait. J'ai pris la précaution de l'imperméabiliser avec un produit pour les chaussures. Je compte bien faire breveter mon invention et la vendre à prix d'or à tous les rois en exercice de cette planète !

Un coup de tonnerre plus violent que les autres l'a fait sursauter.

– J'espère que tu as pensé à y fixer aussi un paratonnerre, a lancé Mathilde en courant se mettre à l'abri.

P. P. a blêmi.

– Ventre-saint-gris ! Tu as raison. J'avais complètement oublié ce détail.

15

Tout se complique

On a passé le reste de l'après-midi devant un bon feu, allumé par Jean-Jean dans la bibliothèque. C'est là que P. P. a fini son histoire.

Contrairement à ce qu'on avait imaginé, il avait quitté le collège de son plein gré, incapable d'attendre plus longtemps avant de se rendre à Saint-Tallec. Là, le notaire avait confirmé ses déductions : les de Culbert étaient bien les descendants du sieur de Collibertus et, à ce titre, les propriétaires légitimes de Kastell-Bihan.

P. P. s'y était installé aussitôt, reçu par le brave Jean-Jean, un pêcheur qui faisait office de gardien depuis que la propriété était tombée à l'abandon.

– Bien sûr, j'avais pris la précaution de dissimuler à votre intention un petit message sibyllin dans un livre, certain que vous me rejoindriez sans tarder, a expliqué P. P. au dîner.

Sa rondouillarde Majesté avait fait dresser la table devant la cheminée. Autour de son assiette s'étalait une telle quantité de couverts et d'ustensiles en argent que nous étions exilés aux deux bouts, Mathilde et moi, loin du feu, et servis dans la vaisselle dépareillée qui restait.

– Les honneurs dus à mon rang, avait soupiré P. P. tandis que Jean-Jean le servait en premier. Si vous saviez, mes pauvres amis, comme ils me pèsent quelquefois !

– Tu n'as pas l'air trop à plaindre, a remarqué Mathilde. D'ailleurs, je me demande bien pourquoi nous sommes là.

P. P. a levé son gobelet.

– Pourquoi ? Mais c'est que je compte faire de vous les piliers de mon règne, les amis. Rémi, tu seras nommé intendant des chasses royales. Quant à toi, douce Mathilde, je t'élève au rang de première dame de compagnie. Tu auras pour tâche de distraire mon auguste personne en jouant de la harpe et en chantant de douces ballades.

Intendant des chasses royales ? Ça m'allait assez bien – même si, en réalité, je suis incapable de faire du mal à une mouche.

Mathilde, elle, a bondi.

– Dame de compagnie ?

– C'est que les soirées sont longues dans ces grands châteaux battus par les vents, a expliqué P. P. C'est le rôle d'une damoiselle comme il faut que de divertir son seigneur et…

Devant le regard noir que lui lançait Mathilde, il s'est dépêché de faire machine arrière.

– Mais si tu préfères un autre emploi au palais, naturellement...

– Un autre emploi ? a répété Mathilde, incrédule. Tu nous as fait venir jusque dans ce trou pour que nous soyons tes *employés* ?

Elle a toujours été un brin susceptible, comme toutes les filles. Il était grand temps de détourner la conversation avant qu'elle n'embroche P. P. avec la fourchette à rôti.

– Et le visiteur clandestin ? j'ai rappelé. Vous l'oubliez un peu vite, celui-là.

P. P. a froncé les sourcils.

– Quel visiteur ?

– L'homme à l'imperméable couleur fumée. Celui qui a fouillé ton box en ton absence.

En quelques mots, je lui ai fait le récit de nos découvertes. À mesure que je parlais, je voyais son visage s'allonger.

– Je m'en doutais, a-t-il murmuré. Rien de tel qu'un royaume pour exciter les convoitises. Voilà la véritable raison pour laquelle je vous voulais ici : empêcher qu'un nouveau Ravaillac n'attente à ma personne.

– Un nouveau quoi ?

– Ravaillac. L'assassin d'Henri IV, a soufflé Mathilde à mon intention.

– Votre homme à l'imperméable couleur fumée, a poursuivi P. P., à quoi ressemble-t-il ? A-t-il une tête de comploteur ? D'illuminé ? De régicide ?

– Ce serait plutôt à toi de nous le dire, Pierre-Paul. Rémi vous a vus tous les deux quitter le port ce matin.

P. P. a ouvert des yeux ronds.

– Moi ? Ce pauvre Pharamon a dû avoir la berlue : je n'ai pas quitté mon fief de la matinée.

P. P. a même le mal de mer quand il joue à la bataille navale, ce qui est un peu fort pour un descendant de corsaire. J'étais sûr de l'avoir reconnu sur ce bateau de pêche. Pourtant, quand il nous avait accueillis au castel, il était en pyjama, le visage encore barbouillé par sa nuit de sommeil.

C'était à n'y rien comprendre.

– Je ne suis jamais monté sur ce bateau et je ne connais pas cet homme, a assuré P. P. avec un frisson. Mais le saccage de mon box et la présence de votre suspect à Saint-Tallec prouvent à l'évidence que je suis menacé. Rémi, tu coucheras cette nuit en travers de ma porte.

– Comme un chien de garde ? Tu peux toujours te brosser, mon vieux !

– Qu'entends-je ? Tu oses dire non à ton roi ?

– Dis plutôt : « à ton roitelet », a ironisé Mathilde. Ou mieux encore : « à ton princelet ».

– Toi aussi, jeune donzelle, tu défies mon autorité ? Puisque c'est comme ça, vous vous relaierez tous les deux cette nuit devant mes appartements pour assurer ma protection. J'ai dit !

– Eh bien, nous, on te dit bonne nuit, Votre Énormité, j'ai fait en étouffant un bâillement.

– De toute façon, a dit Mathilde en se levant à son tour, Jean-Jean veille. Et puis, avec le temps qu'il fait dehors, je suis prête à parier dix mille culverts d'or qu'il n'arrivera rien ce soir. Il faudrait être fou pour essayer de gagner l'île par une telle tempête.

Pour une fois, Mathilde se trompait, et lourdement. Ce brave P. P. aurait dû relever le pari.

Au lieu de cela, il a pris son air le plus misérable.

– Très bien. Allez donc vous coucher, êtres sans cœur. Laissez-moi ici, seul face à moi-même et à ce modeste bocal de rillettes. Mais si jamais il m'arrive quelque chose…

Il a laissé planer la menace dans l'air, mais nous connaissions trop notre P. P. pour nous sentir culpabilisés le moins du monde. À peine aurions-nous tourné les talons qu'il se consolerait avec un de ces énormes sandwichs dont il a le secret.

– La seule chose de grave qui puisse t'arriver, Pierre-Paul, c'est une bonne indigestion, a pronostiqué Mathilde. À demain, Majesté.

– Bonne nuit, a marmonné P. P. d'une voix éteinte.

Il ne croyait pas si mal dire…

16
Un cri dans la nuit

Jean-Jean nous avait préparé des chambres dans la tour, à l'étage, qui encadraient les appartements de P. P. comme deux serre-livres.

Arrivé devant celle de Mathilde :

– Tu veux que je fasse un petit tour d'inspection ? j'ai demandé, histoire de retarder un peu le moment de me retrouver seul.

Mathilde a étouffé un bâillement.

– Au cas où on aurait glissé un crotale venimeux sous mon oreiller ? Merci, Rémi, mais je crois que je vais tenter ma chance toute seule.

– Ferme quand même ta porte à clef, on ne sait jamais.

– Promis. Mais si je dois mourir de quelque chose cette nuit, je crois que c'est seulement de sommeil. Bonne nuit, Rémi.

J'ai attendu qu'elle ait tourné la clef dans sa serrure avant de gagner ma propre chambre et de m'y enfermer à double tour.

Impossible de trouver un interrupteur, si bien que c'est à la lueur vacillante d'une allumette que j'ai enfilé l'espèce de chemise de nuit que Jean-Jean avait préparée à mon intention (nos bagages étaient restés à l'hôtel du Phare) et que je me suis glissé en frissonnant entre les draps humides.

Mais essayez de dormir avec un baldaquin qui grince au-dessus de votre tête et qui ondule à chaque mouvement comme s'il allait s'écraser sur vous… Le vent gémissait sous la porte, ronflait dans le conduit de la cheminée, et la main invisible et glacée d'un courant d'air me frôlait par instants les cheveux.

Je ne suis pas poltron, comme garçon, mais se faire décoiffer dans le noir par un fantôme a de quoi glacer les sangs de l'aventurier le plus endurci. Ajoutez à ça le plancher qui craque tout seul, la pluie qui gifle les vitres, le mugissement de la mer démontée en arrière-fond, et vous pourrez m'imaginer, l'édredon remonté jusque sous le nez et les yeux grands ouverts.

De toute façon, j'étais trop excité par les événements de la journée pour trouver le sommeil.

Quelque chose clochait dans le récit de P. P. À y penser à tête reposée, il n'avait pas dit toute la vérité. Sa présence sur le bateau de pêche ce matin, par exemple… Je n'avais pas rêvé : je l'avais vu, de mes propres yeux, en compagnie de l'homme à l'imperméable couleur fumée. Pourquoi le niait-il si farouchement ? Est-ce qu'on le faisait chanter ? L'homme à l'imperméable, au contraire, était-il un complice que, pour une raison inconnue, il voulait nous cacher ?

Quant à cette histoire de royaume de Kastell-Bihan, elle ne tenait pas debout. Je connaissais le goût ahurissant de P. P. pour les honneurs. Devenir roi, même d'un îlot perdu comme celui-là, le boursouflait d'orgueil. Mais justement. Pourquoi, au lieu de se pavaner dans la cour du collège avec son nouveau titre, avait-il préféré disparaître, ni vu ni connu, pour s'enfermer dans cette bicoque glaciale ?

Je n'ai pas eu le temps d'aller bien loin dans mes réflexions.

J'avais dû sombrer, vaincu par le sommeil, quand un hurlement a déchiré la nuit.

J'ai bondi, le cœur cognant dans la poitrine. Quelle heure pouvait-il être ? Il faisait une nuit d'encre et j'ai eu beau tendre l'oreille, un calme surnaturel était retombé sur la demeure, à peine troublé par le sifflement lancinant du vent sous la porte.

Un simple cauchemar, j'ai pensé en me repelotonnant sous mes couvertures.

Mais mon soulagement n'a pas duré longtemps. Un second cri m'a vrillé les tympans. Une sorte de ricanement suraigu, presque inhumain, à vous liquéfier la moelle épinière.

Mathilde ! N'écoutant que mon courage, j'ai bondi à bas de mon lit, tâtonné jusqu'à la porte et me suis rué dans le couloir.

– Rémi ? Ça va ?

Mathilde s'y trouvait déjà, en chemise de nuit elle aussi, un bougeoir allumé à la main. Saine et sauve, apparemment, mais les yeux écarquillés d'effroi.

– Tu as entendu comme moi ce cri horrible ? Qu'est-ce que c'était ?

– Aucune idée. Mais ça ne me dit rien de bon.

– Ça venait de chez P. P. Pourvu que… Jamais on n'aurait dû le laisser tout seul.

Comme pour lui donner raison, l'affreux glapissement a retenti une nouvelle fois derrière la porte, suivi d'un bruit de mêlée confuse.

On se battait dans la chambre de P. P.

– Vite ! a supplié Mathilde d'une voix blanche. Ils vont le tuer !

Facile à dire. P. P. avait bouclé sa porte lui aussi, et j'avais beau marteler le battant à coups d'épaule, rien à faire pour la forcer.

– Écarte-toi, j'ai ordonné. Va y avoir de la casse.

Puis, prenant mon élan, j'ai beuglé :

– Tiens bon, P. P. ! On arrive !

17

Le monstre

Vous avez déjà vu faire ça dans des films : le héros qui fracasse une porte pour voler au secours de son meilleur ami prisonnier d'ignobles méchants.

Sans me vanter, c'est à peu près ça qui s'est passé. D'accord, le bois devait être mangé par l'humidité. Mais le panneau a cédé d'un seul coup avec un grand crac ! et je me suis retrouvé projeté dans la chambre de P. P., bientôt rejoint par Mathilde dont la bougie a éclairé un spectacle de désolation.

Le lit de P. P. ressemblait à un champ de bataille. Le baldaquin s'était effondré et draps, couvertures, édredons, tout avait volé aux quatre coins de la pièce. Debout sur le matelas, P. P., hirsute, s'abritait derrière un oreiller éventré, faisant tourner son traversin au-dessus de sa tête comme une masse d'armes.

– À moi ! Le monstre ! a-t-il couiné, le doigt pointé devant lui.

Notre entrée fracassante avait refoulé son agresseur dans un coin de la chambre. Dans la pénombre, c'est à peine si on devinait une forme ramassée sur le plancher. Une créature de la taille approximative d'un gnome, pourvue de longues ailes qui battaient le plancher, et qui dardait sur nous un œil rond et cruel.

– Qu'est-ce que c'est que ça ? a fait Mathilde d'une voix blanche. Un vampire ?

Le bougeoir qu'elle braquait d'une main tremblante devant elle, comme pour tenir le danger à distance, a éclairé la créature et…

Je n'ai pas pu m'empêcher de pouffer de soulagement.

– Une mouette !

En fait de vampire, c'était une mouette qui avait terrorisé P. P. Un inoffensif oiseau de mer, aussi paniqué que nous, et qui poussait à nouveau son cri déchirant.

– Ne la laissez pas approcher ! a supplié P. P.

Sa Majesté Pétoche Ier est le plus grand trouillard que la terre ait jamais porté. Mais à vrai dire, je n'aurais pas aimé être à sa place. Se faire déchirer les tympans en plein sommeil et se retrouver face à

face dans le noir avec ce machin-là, même les plus coriaces – et j'en fais partie – n'y résisteraient pas…

Incroyable comme la mouette paraissait grosse et menaçante dans l'espace fermé de la pièce. Ses ailes déployées devaient bien mesurer deux mètres et son bec jaune dans la pénombre avait la taille d'un casse-tête.

M'armant de courage, je l'ai repoussée à l'aide d'une couverture vers la fenêtre que Mathilde avait ouverte en grand.

La mouette se défendait, battant des ailes et cherchant à me lacérer les mollets. Soudain, sentant l'air du large, elle a sauté sur la rambarde. L'instant d'après elle plongeait dans la nuit où elle disparaissait avec un dernier ricanement de triomphe.

J'ai refermé derrière elle et me suis adossé à la vitre. J'avais les jambes en marshmallow et l'impression de sortir d'un cauchemar.

– La sale bête ! Il n'aurait plus manqué qu'elle nous bombarde de guano.

Mathilde a frissonné de soulagement.

– Quand je pense qu'avant, j'avais peur des pigeons…

– Merci, mes preux amis, merci ! a bredouillé P. P. Que grâces vous soient rendues, au nom du bon peuple de Kastell-Bihan !

– Qu'est-ce que ce machin faisait dans ta chambre, P. P. ? Tu as ouvert un zoo ?

– Que nenni, mon bon Pharamon. Tu n'y penses pas !

– Alors quelqu'un l'a fait entrer exprès chez toi. Mais qui ? Et pourquoi ?

– L'homme à l'imperméable couleur fumée, pardi ! Pour nous faire peur. Nous forcer à déguerpir au plus vite.

P. P. s'est gratté le sommet du crâne.

– Non, Mathilde. La marée est haute, il faudrait être fou à lier pour s'aventurer jusqu'à l'île.

– À moins qu'il ne nous ait suivis jusqu'ici quand le passage était encore possible…

– … Et qu'il ait attendu la nuit, tapi dans un

recoin secret, pour mettre à exécution son funeste projet ?

J'ai haussé les épaules.

– Si c'est le cas, il est encore dans l'île.

– Quoi ? s'est étranglé P. P. en sautant presque dans mes bras.

– Rémi a raison, a fait Mathilde en montrant la pluie qui battait les vitres. Personne de sensé ne se risquerait à regagner la terre ferme.

P. P. a dégluti bruyamment.

– Il faut prévenir Jean-Jean. Qu'il double les rondes. Qu'il fouille le castel de fond en comble.

J'ai ricané.

– Excuse-moi, Votre Majestude, mais il est plutôt dur de la feuille, ton chambellan.

– Ou il a le sommeil très très lourd, a renchéri Mathilde. Avec tout le raffut qu'on a fait…

– Il dort dans les communs, à l'autre bout du château, l'a défendu P. P. en prenant d'autorité le bougeoir des mains de Mathilde. Allons le réveiller. Vous me servirez d'escorte. Et s'il arrive quelque chose, sacrifiez-vous pour moi sans hésitation.

– À tes ordres, j'ai soupiré.

De toute façon, la nuit était fichue.

18

De justesse

À la lueur de la bougie, le château de Kastell-Bihan avait tout d'une maison hantée : papiers peints arrachés, planchers qui grincent, toiles d'araignée pendant des plafonds…

L'idée de tomber nez à nez, au détour d'un couloir, avec l'homme à l'imperméable couleur fumée ne m'emplissait pas d'enthousiasme. Nous devions avoir fière allure tous les trois, marchant sur la pointe des pieds dans nos chemises de nuit trop grandes. J'avais pris la tête, comme d'habitude, Mathilde fermant la marche.

Soudain, elle a poussé un petit cri.

– Vous avez entendu ?

On s'est immobilisés, l'oreille tendue. Une sorte de croassement sourd s'est élevé à nouveau, tout proche, presque à nous toucher.

Quelle créature atroce pouvait bien…

– Euh… rassurez-vous, mes amis. C'est seulement ma royale bedaine qui crie famine, a expliqué P. P.

– Quoi ? Après tout ce que tu as englouti au dîner ? s'est récriée Mathilde.

– Oh ! À peine quelques tranches de rôti, des pommes de terre au lard et un demi-reblochon…

– Mais c'est de la goinfrerie !

– Non, ma chère Mathilde : de l'entraînement, a corrigé Sa Majesté Bouffe-Tout Ier avec hauteur. Sache, jeune ignorante, que les menus de mes royaux ancêtres comptaient souvent plus de vingt plats.

– Ignorante ? Je te rappelle que, moi aussi, j'ai eu les félicitations ce trimestre, a fait remarquer Mathilde.

Pierre-Paul a gloussé.

– Soyons sérieux. Tu ne vas tout de même pas comparer mes résultats à ceux d'une fille.

– Comment ? Répète un peu, pour voir !

Ils ont continué comme ça jusqu'à la chambre de Jean-Jean. Au moins, leur chamaillerie avait du bon : me faire oublier les protestations de mon propre estomac. P. P., au dîner, ne nous avait laissé que les restes, et j'aurais volontiers avalé quelque chose de solide pour me remettre de mes émotions.

On a eu beau tambouriner à la porte de Jean-Jean, pas de réponse.

– Quand je te disais qu'il était sourdingue.

P. P. a froncé les sourcils.

– Et si on l'avait drogué au moyen d'un puissant narcotique ?

– Pour avoir le champ libre ? Possible.

– Votre imagination vous égare, les garçons, a grommelé Mathilde. Ce brave homme doit dormir à poings fermés, rien de plus. Inutile de le déranger. De toute façon, il ne se passera plus rien cette nuit : notre mystérieux adversaire a raté son coup, il prendrait trop de risques à vouloir recommencer.

– Je te l'accorde, a concédé P. P. Et puis, une affaire plus urgente nous requiert. Suivez-moi, les amis.

Il s'éloignait déjà, bougie à la main, nous abandonnant dans le noir. Nous lui avons couru après. Quelle mouche le piquait ?

– Surtout pas un bruit, a-t-il averti. L'endroit où je vous conduis n'est connu que de rares initiés. Le moindre faux pas pourrait nous être fatal.

De plus en plus étrange… Il nous a précédés

sous un porche, a ouvert une petite porte et s'est engouffré à l'intérieur, se hâtant de refermer derrière nous.

Il nous a fallu quelques instants pour nous habituer à la pénombre.

Nous nous trouvions dans une salle voûtée, aux plafonds bas et noircis par des siècles de graisse et de fumée. Une table en forme de billot en occupait le centre et les murs étaient tapissés d'ustensiles dont la forme, dans la pénombre, rappelait vaguement des instruments de torture.

– Bienvenue dans les cuisines du château, a dit P. P. en soulevant la bougie pour éclairer la scène. C'est le fief de ce brave Jean-Jean, qui n'hésiterait pas à nous découper en rondelles s'il nous voyait fouiller dans ses réserves… Mais ne soyez pas intimidés. Que diriez-vous d'un petit casse-croûte pour nous remettre de nos émotions ?

Il avait ouvert la porte du garde-manger et disposait devant nous une suite de plats plus succulents les uns que les autres. Tarte aux fruits caramélisée, crêpes froides enveloppées dans un torchon, une grosse brioche tout juste entamée, des pots de confiture, du miel…

– Je crois que je commence à trouver ce Jean-Jean de plus en plus sympathique ! j'ai murmuré.

– Ne me dites pas que vous allez vous empiffrer maintenant ! a protesté Mathilde.

– *Schlurp !* j'ai fait en mordant dans une crêpe.

– *Crontch !* a renchéri P. P., en enfournant une part de tarte aux abricots. Mon cherveau chophistiqué a bejoin – *crontch !* – d'être alimenté.

– *Schlurp !* j'ai approuvé. Et moi, j'ai une muchculature à choigner.

Mathilde fait partie de ces filles capables de survivre un mois avec un demi-concombre et un verre d'eau tiède. Par pure camaraderie, elle a pioché dans une boîte de galettes au beurre.

– Vous n'êtes vraiment que des ventres !

Pour faire passer le tout, P. P. avait dégoté un pichet de jus de pomme pétillant. Le temps de nous remplir l'estomac et de remonter, Mathilde n'arrêtait pas de glousser.

– Mon pauvre Pierre-Paul, si tu t'étais vu tout à l'heure, armé de ton polochon !

– Tu n'aurais jamais dû prendre de cidre. Je crois que tu es – *hips !* – légèrement pompette, a observé P. P., secoué par une crise de hoquet qui faisait sauter ses lunettes sur son nez.

J'avais la tête qui tournait un peu, moi aussi.

Brusquement, sur le palier, le rayon d'une lampe a jailli.

– Halte-là ! Qui vive ? a tonné une voix.

– Jean-Jean ?

– Votre Ma...ajesté ?

Le revêche chambellan semblait aussi surpris que nous.

– Que fai...aites-vous debout, à cette heure ?

– J'allais vous poser la question, a rétorqué P. P. Et dans cette tenue, qui plus est !

Jean-Jean portait un ciré, des bottes et un chapeau de pluie, à croire qu'il dormait tout habillé. Sauf que ses habits dégoulinaient, formant une petite mare sur le parquet.

– Je faisais ma ron...onde, Votre Ma...ajesté.

– Dehors ? Par ce temps ?

– J'ai cru voir une lu…umière. Près du mur d'en…enceinte.

– Et ?

– R.A.S., Votre Ma…ajesté.

– Parfait, mon bon. Allez vous coucher, alors.

L'aplomb de P. P. était sidérant, mais l'apparition de Jean-Jean lui avait coupé net le hoquet.

– Puis-je demander à Votre Ma…ajesté ce qu'elle et ses amis…

– Cette jeune personne ne se sentait pas très bien, a-t-il expliqué en désignant Mathilde. Vous savez combien ces donzelles des villes sont délicates. Mais tout est rentré dans l'ordre et nous la raccompagnons à ses appartements.

Le bobard était gros mais Jean-Jean a paru le gober sans broncher.

– Une *donzelle des villes* ? Merci de me faire passer pour une cruche, Pierre-Paul, s'est récriée Mathilde quand nous nous sommes retrouvés seuls.

– Il a fallu que j'improvise.

– Mais pourquoi ne lui as-tu pas parlé de la mouette ?

– Pure stratégie, mon brave Rémi. Après notre

petite visite dans ses cuisines, inutile d'attirer son attention sur nos activités de la nuit.

– Il faudra bien lui raconter quelque chose quand il découvrira ta porte dans cet état, ai-je fait remarquer.

P. P. a étouffé un bâillement.

– Je fais confiance à ton imagination. C'est toi qui l'as défoncée, non ?

Dans le *Livre des records*, à l'article « Ingratitude », P. P. Cul-Vert doit figurer à la toute première place.

– D'ailleurs, a-t-il ajouté, tu paieras la réparation sur tes propres deniers. Pas question de puiser dans les caisses du royaume pour tes écarts de conduite. Et maintenant, bonne nuit. Vous avez assez abusé de mon temps précieux.

Et nous plantant là, il a disparu dans ses appartements, claquant derrière lui ce qui restait de la porte.

19

À la chasse aux indices

Le lendemain matin, j'ai retrouvé Mathilde pour une petite exploration de l'île.

Pas de P.P. au petit déjeuner. Sa Grandeur avait dû se le faire servir au lit par le fidèle Jean-Jean. Mais ça tombait bien : la nuit avait été courte et le voyant de mes réserves de patience clignotait dangereusement. De toute façon, nous serions plus tranquilles sans lui pour fureter un peu partout.

Par malchance, un brouillard humide entourait le castel. Les arbres du parc paraissaient fumer dans la lumière du matin.

– Un temps parfait pour des vacances, a maugréé Mathilde en resserrant autour de son cou le col de son caban. Qu'est-ce qu'on cherche, au fait ?

– Des traces de notre visiteur : empreintes,

mégots de cigarette, documents secrets tombés d'une poche…

– Pourquoi pas une jambe de bois oubliée, tant que tu y es ?

– Oui, pourquoi pas ? Qui te dit que nous n'avons pas affaire au fantôme d'un pirate qui a un vieux compte à régler avec le sieur de Collibertus ?

Mathilde a levé les yeux au ciel.

– Tu délires, mon pauvre Rémi. D'abord, rien ne prouve que la mouette a été introduite par quelqu'un dans la chambre de Pierre-Paul. Elle a pu y entrer d'elle-même plus tôt dans la soirée, quand la fenêtre était ouverte.

– Et ça, c'est du délire, peut-être ?

Ce que je venais de découvrir n'était pas un pilon de pirate mais… une échelle coulissante, couchée derrière un massif juste à l'aplomb de la chambre de P.P.

– Pile assez longue pour grimper chez Son Altesse. En profitant de l'heure du dîner, par exemple.

Mon sourire de triomphe n'a pas paru convaincre Mathilde.

– Je te rappelle que, quand nous avons fait sortir la mouette de la chambre de Pierre-Paul, la fenêtre était fermée de *l'intérieur*.

D'accord. Mais le visiteur avait pu s'introduire chez P. P. par l'échelle et ressortir tranquillement par la porte, ni vu ni connu, après y avoir déposé le monstre à plumes.

Mathilde a froncé le nez.

– Et prendre le risque de tomber sur nous ou sur Jean-Jean ? Possible mais pas très prudent. Et puis la chambre de Pierre-Paul était fermée elle aussi.

Son raisonnement était imparable. À moins que, ai-je pensé… À moins que… Le tableau, d'abord, qui avait failli couper ce pauvre vieux P. P. en deux, puis la mouette, mystérieusement introduite dans la chambre…

L'idée qui venait de me traverser brutalement l'esprit était si abracadabrante, si imprécise encore aussi, que j'ai préféré la garder pour moi.

– Faisons le tour de l'île, j'ai proposé. Nous trouverons peut-être d'autres indices.

– Dire que j'ai un vrai roman policier qui m'attend dans ma chambre ! a soupiré Mathilde.

Le brouillard était encore plus dense de l'autre côté du château. Les moutons, regroupés derrière le muret, nous observaient de leurs grands yeux stupides comme si nous avions été des revenants.

Tout à la pointe, face au large, se dressait la

petite baraque que nous avions aperçue la veille. On aurait dit une ancienne maison de pêcheur, basse et trapue sous son toit d'ardoises.

– Fermée à double tour, j'ai pesté en essayant d'ouvrir la porte.

Mathilde a collé son nez à la fenêtre.

– Tu vois quelque chose ?

– Non, trop crasseux… Ah si ! Des toiles d'araignée.

– C'est tout ?

– Attends. Il y a des cordages, des filets… et puis des caisses poussiéreuses. On n'a pas fait le ménage là-dedans depuis l'homme de Cro-Magnon, si tu veux mon avis.

La baraque devait servir d'entrepôt. C'est là que Jean-Jean, sans doute, remisait son matériel de pêche. Elle donnait directement sur la grève par un petit débarcadère.

Une barque y était attachée, reposant sur le sable.

– Tiens tiens ! a fait Mathilde. Tu crois que c'est celle de notre visiteur ?

Déjà elle avait dévalé les échelons du débarcadère et faisait le tour du rafiot en pataugeant allègrement dans les flaques.

C'était une vieille barque à moteur, large et

plate comme une chaloupe de sauvetage. La coque, chargée de coquillages, avait été si souvent peinte et repeinte qu'elle n'avait plus de couleur définissable.

– JK ? a déchiffré Mathilde en se penchant sur l'inscription qui ornait la proue. Drôle de nom pour un bateau…

– Sans doute des initiales. K pour « Kastell-Bihan », peut-être. Mais le J ?

– Jean-Jean !

Le cri de Mathilde m'a fait sursauter.

Le sinistre Jean-Jean nous observait depuis le débarcadère, poings sur les hanches et le visage déformé par la colère. Depuis combien de temps était-il là ?

– Qui vous a autorisés à fouiner ici ? a-t-il aboyé.

Il était si furax qu'il en oubliait de bégayer. Mathilde lui a décoché son sourire le plus enjôleur.

– Nous admirions ce youyou, monsieur Jean-Jean. C'est le vôtre, n'est-ce pas ?

Le chambellan nous a considérés un instant, ses gros sourcils froncés, avant d'expliquer d'une voix radoucie :

– Vous ne pou…ouvez pas rester là. La ma… arée. Elle mon…onte à la vitesse d'un cheval au

ga…alop. Très dangereux ! Beaucoup d'a…accidents. Vous auriez pu être em…emportés.

– On remonte dare-dare, monsieur Jean-Jean, j'ai dit, joignant le geste à la parole.

Mathilde m'a imité.

– De toute façon, nous avons vu tout ce que nous voulions voir. Pouvez-vous dire à votre maître que nous nous absentons un moment ? Bye-bye, monsieur Jean-Jean.

Elle m'a pris le bras et m'a entraîné d'un pas décidé.

– La marée ? Tu parles d'une blague, elle a grommelé. Elle ne remontera pas avant le début de l'après-midi. J'ignore pourquoi, mais ce brave Jean-Jean n'a aucune envie qu'on fourre notre nez dans ses affaires.

Ce n'était qu'une impression, sans doute. Mais tandis qu'on s'éloignait, je sentais le regard glacial de Jean-Jean braqué entre mes omoplates comme la visée laser d'une arme de précision.

– On va où, au fait ?

20

Une incroyable rencontre

– Sa paresseuse Majesté fait la grasse matinée ? Grand bien lui fasse… En ce qui me concerne, je refuse de rester ici une minute de plus sans vêtements de rechange ni brosse à dents, a annoncé Mathilde en dévalant les rochers d'un pas décidé pour sauter sur la plage. Tu fais ce que tu veux, mais moi, je retourne chercher mes affaires.

– À l'hôtel du Phare ?

J'ai revu la route qui monte et qui descend, le tandem croulant, l'énorme valise de Mathilde.

– Ah non, pas question !

– Si ça t'amuse de dormir dans ta chemise de nuit ridicule, a fait Mathilde en haussant les épaules.

– Ridicule ? Jean-Jean t'a prêté la même, je te signale.

– Justement. Je trouve que ça ne fait pas tellement

intendant des chasses royales, si tu veux mon avis. Si tu t'étais vu en nuisette, hier soir…

– Quoi ?

– Heureusement que tes admiratrices du collège n'étaient pas là. Elles se seraient payé un sacré fou rire.

Je me suis à moitié étranglé.

– Mes admiratrices ? Mais de qui tu parles ?

– Oh ! a fait Mathilde avec un petit air entendu, tu sais bien. Toutes ces filles de 4e 2 qui s'évanouissent sur ton passage et qui dessinent des cœurs dans ton carnet de correspondance… D'ailleurs, ne dis pas le contraire, monsieur le Tombeur : tu es tout rouge.

J'étais écarlate, en effet, mais de colère. Mathilde avait un sacré culot. D'accord, je ne laisse pas totalement insensibles certaines personnes, mais est-ce que c'est ma faute, à moi, si les filles succombent toutes à mon charme ?

– Bon, tu m'accompagnes ou pas ? a demandé Mathilde qui avait retrouvé subitement sa bonne humeur.

Rien ne l'amuse plus que de me faire enrager. Elle avait réussi son coup parfaitement, et c'est en fulminant que je me suis lancé sur ses talons, sautillant entre les flaques laissées par la marée.

– Attends ! Tu en as trop dit ou pas assez. Donne-moi un seul nom.

– Je n'ai que l'embarras du choix : Eulalie Bontemps, par exemple...

– Quoi, Eulalie ? Ce laideron ?

Elle a tellement réussi à m'énerver qu'il ne m'a pas fallu longtemps pour pédaler jusqu'à Saint-Tallec, fourrer quelques affaires dans un sac et revenir en sens inverse, Mathilde paresseusement assise sur la selle arrière du tandem.

– Tu vois que ça n'était rien du tout, finalement, a-t-elle ironisé alors qu'on abordait la dernière descente.

Au lieu de répondre, j'ai écrasé la poignée de freins. Le tandem s'est bloqué avec un horrible grincement et, si elle ne s'était pas cramponnée à ma taille, Mathilde serait partie en vol plané.

– Tu es malade ou quoi ? Si c'est pour te venger, tu…

– Chut ! j'ai ordonné. Regarde.

Le brouillard s'était déchiré devant nous, laissant voir la baie de Kastell-Bihan et son île de poche.

Deux silhouettes se tenaient sur la plage. L'une, grande et légèrement voûtée, arborait un chapeau et un imperméable couleur fumée. L'autre, dodue et courte sur pattes, braquait sur le château un puissant télescope à trépied.

J'aurais reconnu cette silhouette entre mille. C'était P. P. Cul-Vert.

Qu'est-ce qu'il fichait là, abrité sous un grand parapluie par l'individu qui avait mis son box à sac quelques jours plus tôt ?

Ça a fini de me mettre en pétard. Je commençais à en avoir ras la capuche de ses cachotteries. Cette fois, il allait devoir rendre des comptes, et son compère avec lui !

– Ce brave P. P. ! j'ai lancé en me ruant vers lui. Votre Somnolence a bien dormi, j'espère ?

P. P. a papillonné des yeux vers moi, puis vers Mathilde, nous considérant tous deux comme si nous avions été de vulgaires tourteaux mayonnaise.

– Plaît-il ?

– Content de savoir que la mouette ne t'a pas coupé le sommeil, j'ai ricané.

– Ni l'appétit, apparemment, a fait Mathilde en désignant le panier de pique-nique débordant de victuailles qui était posé à ses pieds.

– C'était donc bien toi, l'autre jour, sur le bateau ? j'ai attaqué. J'étais sûr de t'avoir reconnu. Mais si tu nous présentais plutôt monsieur ?

P. P. s'est tourné vers l'homme à l'imperméable couleur fumée. Son double menton tremblotait d'indignation.

– Auriez-vous une idée de ce que me veulent ces énergumènes ? a-t-il interrogé de sa voix de fausset.

L'homme a levé les bras en signe d'incompréhension. De près, il avait le visage long et le nez en lame de couteau d'un croque-mort.

– Alors chassez ces importuns, a ordonné P. P. en recollant son œil au petit bout de sa lorgnette. J'ai besoin de calme pour préparer tranquillement le siège de cette place forte.

– Nous chasser ?

– Préparer le siège de ton propre château ? Mon pauvre P. P., tu es complètement marteau !

P. P. a poussé un soupir d'exaspération avant de me toiser de la tête aux pieds en retroussant ses manches.

– Apprenez, jeune malotru, que je n'ai pas l'âge d'être traité de « pépé », même par dérision, et que si vous continuez sur ce ton, je pourrais bien vous boxer.

Me boxer, moi ? La moutarde m'est montée au nez. J'allais lui faire sauter ses binocles et…

– Messieurs, messieurs ! s'est interposé l'homme à l'imperméable couleur fumée. Si nous nous comportions plutôt comme des gentlemen ?

Il a ôté son chapeau.

– Hector Gretz, généalogiste. Quant à ce jeune homme…

Il a désigné de la main mon grotesque adversaire, que la peur avait rendu aussi vert qu'un plat d'épinards.

– Permettez-moi de vous présenter le jeune Aymar-Baudoin de Culbert.

J'ai cru que nous avions mal entendu.

– *Aymar-Baudoin* de Culbert ?

– Pour vous servir, a confirmé le sosie de P.P. en s'inclinant avec raideur.

– Le seul prétendant légitime au trône de Kastell-Bihan, a complété l'homme à l'imperméable couleur fumée en retroussant les lèvres en un sourire de cadavre. Et prêt à recourir à la force, s'il le faut, pour faire valoir ses droits…

21

Le massacre des prétendants

Imaginez la face de lune de P. P. Cul-Vert découvrant, à la porte du château, une autre face de lune, chaussée elle aussi de lunettes épaisses comme des hublots de machine à laver.

La surprise avait dû être la même pour Aymar-Baudoin, comme de se retrouver soudain nez à nez, dans une glace, avec son propre reflet bedonnant.

À l'exception de leurs habits (P. P. portait encore son horrible robe de chambre violette en soie molletonnée), les deux cousins se ressemblaient comme deux gouttes d'eau.

– Cousins, cousins, a ricané P. P., c'est vite dit ! La branche d'Aymar-Baudoin n'est qu'une branchette très secondaire dans l'arbre des de Culbert. Que dis-je : une brindille, tout au plus.

– C'est amusant, a ricané Aymar-Baudoin à son tour, j'allais en dire autant de ta famille.

– C'est la première fois que tu le rencontres ? s'est étonnée Mathilde à l'adresse de Pierre-Paul.

– Cet avorton ? Naturellement.

– Tu as la mémoire courte, cousin, a corrigé l'autre d'un ton supérieur. Nous vous avons visités il y a quelques années pour Noël. Par charité bien sûr.

– Cela me revient, maintenant, cousin, a rétorqué P. P. La moitié de ma collection de timbres a disparu ce jour-là.

– M'accuserais-tu de vol, par hasard, cousin ? s'est récrié Aymar-Baudoin.

P. P. a eu un petit sourire indulgent.

– De sottise, surtout, cousin : tu n'as emporté que les timbres sans valeur. Mais il est vrai que ta branche n'a jamais été réputée pour son bon goût.

Ils auraient pu continuer comme ça longtemps mais Hector Gretz, visiblement, n'avait pas de temps à perdre avec ces chamailleries.

– Si nous en venions au fait ? est-il intervenu en extirpant de son cartable une épaisse liasse de documents.

La rencontre avait lieu dans la grande bibliothèque du château où ronflait un bon feu. Les deux cousins, aux deux bouts de la table monumentale, s'observaient en chiens de faïence par-dessus le thé que Jean-Jean avait servi.

Assis un peu en retrait, Mathilde et moi observions la scène avec effarement. Ainsi l'unique, l'exceptionnel, l'inimitable P. P. Cul-Vert avait un cousin, tout aussi pompeux et exaspérant que lui ?

On avait l'impression de voir double : même air pincé, mêmes taches de graisse sur les lunettes, même mains potelées posées sur une bedaine proéminente.

– Aymar-Baudoin de Culbert, mon client, a expliqué Hector Gretz, a l'intention de faire valoir ses droits sur le royaume de Kastell-Bihan. Comme le prouvent ces documents, il est bien l'héritier incontestable du sieur Alberic de Collibertus,

devenu Alberic Ier par la grâce du bon roi Philippe Auguste.

L'homme à l'imperméable couleur fumée – Hector Gretz maintenant qu'il s'était présenté – était généalogiste. Sa spécialité ? Les descendances bien embrouillées, genre sac de nœuds, avec arrière-arrière-arrière-grands-parents et cousins au dix-huitième degré, remontant si possible à la nuit des temps.

– Sale boulot, j'ai remarqué à l'intention de Mathilde. Je préférerais me faire moine plutôt que de mettre mon nez dans ces histoires de famille tordues.

– Ce Gretz est un chasseur d'héritage, a-t-elle murmuré en se penchant à mon oreille. Il retrouve les descendants inconnus et se fait verser un pourcentage sur le pactole.

– Une part de l'héritage, tu veux dire ? Je ne vois pas bien ce qu'il peut espérer tirer de cette ruine.

– Écoutons-le, a fait Mathilde. À mon avis, ce cher Pierre-Paul ne nous a pas tout dit.

– J'ai établi formellement les droits de mon client, a continué le généalogiste. Le trône lui revient sans contestation possible, comme il ressort des recherches érudites que j'ai menées. En conséquence, cher monsieur de Culbert, nous vous demandons de vider les lieux, vous et vos amis, afin que le propriétaire légitime de Kastell-Bihan puisse y établir ses quartiers au plus vite.

P. P. a jeté sur les documents qu'il lui tendait le même regard amusé que s'il contemplait des dessins d'enfant.

– Vider les lieux ? Ha ha ha ! Croyez que je suis sensible à votre sens de l'humour, cher monsieur Gretz. Mais vous oubliez, je le crains, un léger détail.

– Ah ! bon, lequel ?

– Les capacités de ma modeste mais prodigieuse cervelle.

Hector Gretz a levé un sourcil interloqué.

– Influencé par mon navrant cousin Aymar-Baudoin, bien médiocre échantillon de la famille de Culbert, vous avez cru sans doute avoir affaire à un imbécile. Mal vous en a pris, cher monsieur Gretz. J'ai fait mes propres recherches, a ronronné P. P. en déposant sur la table une pile de registres écornés d'où s'échappaient des poignées de feuilles volantes.

Les yeux du généalogiste se sont mis à pétiller de curiosité.

– Sans entrer dans une querelle d'experts à laquelle nos amis ici présents ne comprendraient goutte, a poursuivi P. P., laissez-moi vous dire que ces archives établissent sans doute possible que c'est à moi et à moi seul, Pierre-Paul Louis de Culbert, premier du nom, que revient ce domaine.

Il a montré la porte d'un revers dédaigneux.

– Je vous prierai donc de quitter la place séance tenante, avant que je ne fasse jeter par ma garde ce vil imposteur dans un cul-de-basse-fosse. Mais finissez d'abord votre thé, bien entendu…

Le sang bleu d'Aymar-Baudoin n'a fait qu'un tour.

– Qu'entends-je ? On prétend m'écarter au profit de cette demi-portion ?

P. P. a gloussé.

– Allons, mon cousin. Ne me force pas à révéler un secret de famille. Après tout, ce n'est pas *complètement* ta faute si tu descends d'une branche bâtarde de la lignée.

La première tasse à thé a volé, suivie de près par une tranche de cake aux fruits confits.

La riposte ne s'est pas fait attendre. Petites cuillères, soucoupes, morceaux de sucre, livres reliés et autres projectiles improvisés se sont mis à pleuvoir des deux côtés de la table, sous l'œil réprobateur du sieur de Collibertus qui observait la scène depuis son cadre démantibulé.

– Usurpateur !

– Sans-culotte !

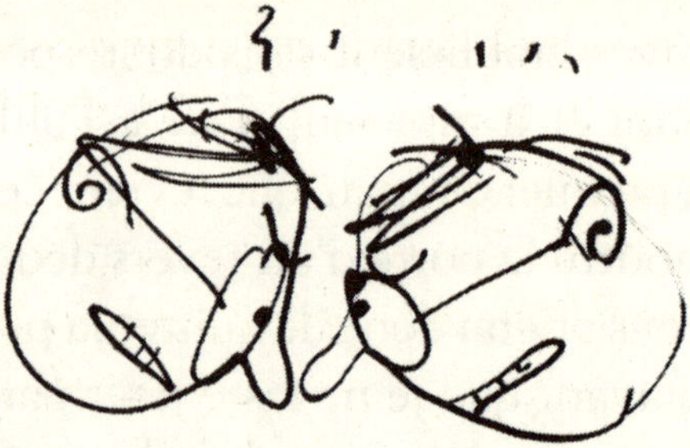

– Minus !

– Roturier !

– Messieurs, messieurs ! s'égosillait le généalogiste, s'abritant du bombardement comme il le pouvait. Conduisons-nous en gentlemen !

Écarlates, les cousins ennemis louchaient déjà sur les masses d'armes qui décoraient les murs. On a beau dire que le linge sale se lave en famille, il était temps d'intervenir avant que la dispute ne tourne au carnage.

– Halte au feu ! j'ai crié en m'interposant. Ça suffit comme ça !

– Vous êtes ridicules, s'est emportée Mathilde à son tour. Vous vous entretuerez plus tard, si ça vous chante. Mais pas avec un service en porcelaine qui doit valoir une fortune chez les antiquaires !

– La donzelle a raison, a opiné Aymar-Baudoin en reprenant péniblement son souffle. Vidons notre querelle dans les règles…

– … En duel singulier ! a approuvé P. P., les joues couleur fraise des bois. Mathilde et Rémi seront mes témoins.

– Très bien. Ton heure sera la mienne, cousin. Mais je suis l'offensé : j'aurai le choix des armes.

– Comme tu voudras, cousin. Rendez-vous demain, sur le pré derrière le château.

P. P. a remis un peu d'ordre dans sa robe de chambre avant de se tourner vers le généalogiste.

– Quant à vous, cher monsieur Gretz, fouiller mon box au collège était bien inutile : les papiers que vous cherchiez sont en sécurité chez un notaire de Saint-Tallec. Sachez aussi que j'ai pris la précaution de faire établir, chez ce même notaire, un acte de propriété en bonne et due forme. Vous n'avez donc aucun droit sur Kastell-Bihan.

Le fidèle Jean-Jean était entré silencieusement sur ces entrefaites. Il se tenait devant la porte, bras croisés, massif et menaçant, sans même un regard pour le chaos qui régnait dans la bibliothèque.

– Raccompagnez nos visiteurs, a fait P. P. en se tournant vers lui. Et assurez-vous qu'ils regagnent le rivage en sécurité avant la marée.

– Nous n'avons pas dit notre dernier mot, a capitulé Hector Gretz en rassemblant ses documents.

Mon client et moi reviendrons, je puis vous l'assurer. Et cette fois, avec des arguments frappants. D'ailleurs, a-t-il ajouté en montrant la fenêtre, je vous conseille fortement de ne pas rester ici cette nuit. On annonce une tempête, et je serais navré qu'il vous arrive malheur.

La menace a plané un instant dans la pièce, ponctuée par un roulement de tonnerre. Le brouillard s'était dissipé et une pluie violente giflait à présent les carreaux.

– Vous oubliez que vous vous adressez au descendant d'Alberic de Collibertus, a rétorqué P. P. Ce n'est pas un petit grain qui va nous faire peur, à nous, gens de mer.

– Tu l'auras voulu, cousin, a maugréé Aymar-Baudoin en prenant lui aussi le chemin de la sortie, serré de près par le fidèle Jean-Jean.

Avant de quitter la pièce, il a jeté un regard torve vers Mathilde.

– Et ce n'est pas cette donzelle qui te protégera, tu peux me croire !

La porte de la bibliothèque s'est refermée derrière eux, à l'instant même où la dernière tasse à thé intacte, lancée à toute volée, se brisait en miettes sur le battant.

– Mon service en porcelaine de Saxe ! a gémi P. P. Qu'est-ce qui te prend de dilapider mon héritage ?

– Le prochain de Culbert qui me traite de donzelle prendra aussi la soupière sur la caboche, a averti Mathilde. C'est compris ? Et ça vaut aussi pour toi, Rémi.

– Moi ? Mais qu'est-ce que j'ai fait ?

– Rien. Mais je commence à en avoir par-dessus la tête des garçons, du temps breton et de la douche à peine tiède avec laquelle on ne peut même pas se laver les cheveux ! Je monte lire dans ma chambre. Et ne venez me chercher que quand vous aurez *enfin* quelque chose de sensé à proposer.

Et pour bien mettre les points sur les *i*, elle a claqué la porte derrière elle, si fort que la tête de sanglier empaillée s'est décrochée du mur, chutant avec un bruit sourd sur le parquet de la bibliothèque.

22
Sa Cachotterie passe aux aveux

Ça a été un triste début de soirée.

Mathilde boudant dans sa chambre, P. P. plongé dans les archives qu'il avait étalées devant lui, le tonnerre qui roulait, précédé d'éclairs si violents que la bibliothèque s'illuminait brusquement, comme en plein jour, avant de replonger dans la pénombre… Vous imaginez le tableau ? Pour des vacances entre copains, c'était une parfaite réussite.

Par instants, Jean-Jean faisait une apparition, mais P. P. le renvoyait sans même lever la tête. Ses recherches semblaient, chose extraordinaire, lui avoir fait oublier le dîner froid disposé sur la table, et dans lequel je picorais sans appétit.

– Votre Ma…ajesté et ses amis devraient se mettre à l'abri à Saint-Ta…allec. La ma…arée sera bientôt trop haute pour qui…itter l'île.

– Merci, Jean-Jean. Mais nous restons.

– Je me permets d'in…insister, Majesté. La tem…empête forcit.

– Un monarque digne de ce nom n'abandonne jamais son royaume, Jean-Jean, et un de Culbert moins qu'un autre.

Il était peut-être trop tard, déjà. Les vitres tremblaient si fort qu'on ne pouvait deviner si c'était sous l'assaut du vent ou sous celui de la pluie.

Résigné, Jean-Jean a battu en retraite. J'ai bien essayé, pour tuer le temps, de faire une partie d'échecs tout seul. Mais comme toujours, dans ses cas-là, je triche et ça n'est pas très amusant de se battre soi-même à plate couture.

Soudain, P. P. a émergé de ses bouquins, une lueur triomphale dans les lunettes.

– Mon brave Pharamon, je suis un pur génie !

– Un surdoué de l'hospitalité, oui, j'ai grincé. Merci de te rappeler qu'on existe.

– J'avais quelques détails à vérifier, a-t-il expliqué, avant de montrer le cavalier noir posté sur l'échiquier devant moi. Entre parenthèses, tu es mat en b6, mon pauvre Rémi. Je me demande bien pourquoi tu t'acharnes à pratiquer ce jeu, très au-dessus de tes lamentables capacités cérébrales…

Il a sauté sur ses pieds puis, glissant sous son

bras un livre de la taille d'un carton à dessins, a empilé sur une assiette des sandwichs arrosés d'une giclée de mayonnaise.

– Je monte ces quelques provisions de bouche, a-t-il annoncé joyeusement. Retrouvez-moi dans mes appartements, Mathilde et toi. Il est grand temps de tenir un conseil de guerre loin des oreilles indiscrètes.

Et sans plus attendre, il a quitté la bibliothèque, un coup de tonnerre plus violent que les autres saluant sa sortie.

J'ai dû tambouriner un moment à la porte de Mathilde avant qu'elle n'ouvre. Elle avait pris un bain, enfilé des vêtements chauds et tenait à la main un roman policier.

– J'espère que Pierre-Paul ne me dérange pas pour rien, a-t-elle soupiré. J'arrivais juste au passage où on apprend le nom de l'assassin.

– Tu ne boudes plus ?

– Moi ? Quelle idée ! Où est-ce que tu as pêché ça ?

Les filles sont formidables : elles peuvent vous faire la tête pendant tout un mois pour une parole de travers, mais si vous avez le malheur de le leur faire remarquer, c'est vous qu'elles accusent d'être trop susceptible.

– Entrez, mes preux amis, a fait P. P. en refermant derrière nous sa porte consolidée par quelques planches clouées en travers. Prenez place autour de la Table ronde.

Ce qu'il appelait ainsi était un guéridon encombré de livres et de sandwichs entamés, sur lequel le lustre répandait une lueur vacillante.

– L'heure est grave, a-t-il affirmé. Vous avez rencontré cet après-midi mon ignoble et félon cousin…

– Le bien nommé Boudin-Noir, j'ai acquiescé.

– Aymar-Baudoin, a corrigé P. P. Et son âme damnée, le retors généalogiste Hector Gretz. Ces deux vautours, vous l'avez constaté, ne reculeront devant rien pour me déposséder de mon trône…

Un éclair a déchiré la pénombre, suivi d'un roulement de tonnerre si proche qu'il l'a fait sursauter.

– … ni pour occire mon auguste et frugale personne, a-t-il continué d'une voix blanche, avant de mordre dans un sandwich mixte pâté de foie et bleu d'Auvergne.

– N'exagérons rien tout de même, a fait Mathilde. Qui voudrait tuer pour une bicoque délabrée et trois moutons à l'air idiot ?

P. P. s'est raclé la gorge et a gobé un cornichon.

– C'est que je ne vous ai pas tout dit. Selon la légende, cette bicoque délabrée, comme tu l'appelles, abriterait un trésor inestimable : celui du pirate Jehan de Kermadec, le premier propriétaire des lieux. Le produit de ses pillages sur toutes les mers du globe avant que mon ancêtre Alberic de Collibertus ne mette un terme à ses nuisibles agissements.

J'ai poussé un sifflement.

– Un trésor ?

– Et tu ne comptais pas nous en parler ? s'est emportée Mathilde. Merci pour ta confiance, Pierre-Paul !

– J'attendais le moment opportun, a balbutié ce dernier, rouge comme une tranche de rosbif dans la lumière tremblotante du lustre. Je ne voulais pas mettre en danger vos précieuses personnes.

– Et c'est ce trésor que recherche Boudin-Noir et son acolyte ?

– Oui. J'en ai découvert la mention dans le livre d'un chroniqueur médiéval, au CDI du collège. Apparemment, son existence est connue depuis longtemps, même si personne n'a encore réussi à s'en emparer. Mais j'ai trouvé mieux : la référence du seul ouvrage indiquant l'emplacement de sa cachette. Et cet ouvrage, mes valeureux amis, n'existe qu'en un unique exemplaire, caché dans la bibliothèque de ce château. Le voici.

Repoussant les miettes de sandwich, il a brandi le grand livre qui lui servait de set de table.

– C'est pour découvrir le nom de cet ouvrage que le vil Hector Gretz a cambriolé mon box au dortoir, a-t-il expliqué, la voix frémissante. Mais c'était compter sans mes ahurissantes facultés d'anticipation : j'avais pris la précaution de déchirer la page, de la glisser dans mon journal intime et d'emporter le tout avec moi. Notre ami a fait chou blanc, ce qui explique sa rage... Mais comment lutter à armes égales contre un cerveau surdéveloppé comme le mien ?

Un silence pesant a accueilli ses révélations.

Cela faisait beaucoup d'informations à digérer, sans parler de la sournoiserie de P. P. qui se révélait au grand jour. Nous aurait-il parlé du trésor s'il n'y avait pas été forcé ? Comptait-il garder le secret pour lui seul ? P. P. Cul-Vert n'a jamais été partageur ; mais là, il avait dépassé toutes les bornes.

– Le temps presse, a-t-il dit en ouvrant son livre tandis qu'un nouveau coup de tonnerre secouait les vitres. Je mettrais ma main à couper que nos ennemis vont profiter de la tempête pour agir. Pour l'instant, nous avons une longueur d'avance. Regardez...

Le plan qu'il nous montrait était celui du château de Kastell-Bihan. Un plan dessiné à la main sur une double-page qui menaçait de tomber en poussière.

– Voilà le hall d'entrée, la bibliothèque, la cuisine, a indiqué P. P. en pointant certains endroits de son index boudiné. Est-ce que vous ne remarquez rien ici ?

Une sorte de couloir était représenté sous les pièces principales, d'une encre si pâle qu'on l'aurait dit dessiné au jus de citron. Il partait du château et aboutissait à l'extérieur, quelque part à la pointe de l'île.

– Un souterrain ?

– Permettant d'acheminer secrètement les prises de guerre depuis le rivage jusqu'à cette petite pièce dérobée, a confirmé P. P. au comble de l'excitation, en montrant un rectangle à peine visible sous ce qui semblait être l'escalier du château. Quoi de plus commode pour stocker un trésor au nez et à la barbe des soldats du roi de France ?

J'en avais les cheveux qui se hérissaient sur la nuque.

– Tu veux dire qu'il est là, presque sous nos pieds ?

P. P. s'est rengorgé. Son visage poupin n'avait

jamais paru plus rond. On aurait dit un ballon de baudruche prêt à s'envoler.

– Indubitablement, mon cher Pharamon. Et je compte bien le trouver !

– À condition qu'aucun de tes ancêtres ne l'ait fait avant toi, a souligné Mathilde. Après tout, ces plans sont dans la bibliothèque du château depuis des lustres.

Son sens pratique n'a pas semblé doucher l'enthousiasme de P. P.

– Cachés sous un titre trompeur, ma chère Mathilde, et propre à détourner l'attention des fouineurs les plus invétérés !

Il a montré la couverture noircie de l'ouvrage.

– Mon ancêtre avait, tout comme moi, un petit penchant pour les plaisirs de la table et une intelligence très supérieure : il a dissimulé les plans de défense de son château dans la reliure d'un modeste livre de recettes…

J'ai terminé à sa place :

– … Où personne ne penserait à les trouver. À part Ta Gloutonnerie, bien sûr, ou Sa Majesté Boudin Ier, qui m'a l'air d'un sacré goinfre, lui aussi.

– Raison de plus pour partir en chasse dès ce soir, a décrété P. P. L'ennemi rôde et…

Il n'a pu terminer sa phrase : une terrible déflagration a secoué la chambre, comme si la foudre, au lieu de frapper le toit, était tombée à l'intérieur de la tour où nous logions.

Au même instant, toutes les lumières se sont éteintes brusquement.

23

Qui va là ?

– Un attentat ! a glapi P. P. dans le noir. Au meurtre, à l'assassin !

– Du calme, a fait la voix de Mathilde. Les plombs ont dû sauter, rien de plus.

À tâtons, j'ai gagné la porte, bousculant quelque chose qui est tombé avec fracas sur le parquet, arrachant un nouveau cri de terreur à P. P.

Le couloir aussi était plongé dans l'obscurité. J'ai poussé un juron.

– C'est pas normal. L'électricité est coupée dans tout le château.

J'ai toujours sur moi une boîte d'allumettes. Une vieille habitude de pensionnaire pour pouvoir faire le mur discrètement. J'en ai craqué une et j'ai cherché en vain une bougie.

– Regardez ! a crié Mathilde en montrant la fenêtre battue par la pluie.

Une lueur venait d'apparaître fugacement dans la nuit. J'ai poussé un nouveau juron et lâché l'allumette qui me brûlait les doigts.

– Regardez ! a répété Mathilde.

En nous collant aux carreaux, il n'y avait pas de doute possible : malgré la tempête qui faisait rage, une lanterne se promenait à l'extrême pointe de l'île, près du débarcadère que nous avions repéré le matin même, Mathilde et moi.

– Boudin-Noir et le croque-mort !

– Ils débarquent ! a bredouillé P. P. Ils viennent me voler mon trésor !

C'était proprement insensé mais le cousin de Culbert et son acolyte, le sinistre Hector Gretz, nous avaient prévenus : ils n'avaient aucunement l'intention de s'avouer battus.

– Il faut les repousser à la mer ! Les bouter hors du royaume !

– Très malin, a fait Mathilde. Et tu comptes t'y prendre comment ?

Sa voix vibrait dans l'obscurité, partagée entre l'effroi et l'envie d'en découdre. Si je dois reconnaître une qualité à Mathilde, c'est bien son courage. Mais là nos ennemis avaient l'avantage du terrain. Dans l'obscurité totale, avec ma boîte d'allumettes pour seules munitions, c'était de la folie de tenter quelque chose.

– Prévenons la police. C'est une propriété privée et…

– Pour qu'elle mette le nez dans mon trésor ? Non. Plutôt mourir les armes à la main !

De toute façon, le téléphone était inutilisable, lui aussi. J'ai eu beau secouer le vieux combiné à cadran posé sur la table de nuit, rien à faire. Ce n'était pas une simple panne de courant : on avait saboté la ligne pour mieux nous isoler sur l'île.

Mathilde, la première, a repris ses esprits.

– Allons réveiller Jean-Jean. Verrouillons la porte d'entrée, vérifions toutes les issues et patrouillons jusqu'au matin.

– Tu as raison, a fait P. P. Nous tiendrons le siège pendant un siècle s'il le faut mais ils ne toucheront pas à mon trésor.

Il n'y a qu'une chose qui soit plus forte que la trouille chez P. P. Cul-Vert : son avarice indécrottable.

– Mais d'abord, équipons-nous, a-t-il continué. Éclaire-moi, Rémi.

J'ai craqué une autre allumette pour le regarder fourrager dans un gros coffre à ferrures rouillées.

– Heureusement, j'avais prévu un coup dur de cette sorte. Enfilez ces petites merveilles technologiques, les amis. C'est ma dernière invention : la cagoule à lampe frontale brevetée de Culbert. Un prototype encore, mais idéal pour éclairer tout en gardant les mains libres.

On a obéi sans discuter. J'étais presque arrivé au bout de mes allumettes et on n'avait pas le choix, de toute façon.

– Alors ? a fait P. P. quand on a eu tous les trois son invention sur la tête.

Mathilde n'a pu s'empêcher d'éclater de rire en nous regardant. La cagoule, tricotée en grosse laine, nous faisait des visages de cosmonautes avec, au milieu du front comme un œil unique, une lampe torche qui projetait un rayon aveuglant.

– Très élégant. Je pense l'adopter lors de mon prochain séjour au ski.

– La laine gratte un peu, a admis P. P., mais elle est prévue pour nous permettre de survivre aux températures les plus extrêmes.

Ainsi déguisés, nous avons quitté sa chambre en file indienne, non sans un dernier regard par la fenêtre. Masquée par instants derrière les rideaux de pluie, la lanterne se promenait toujours à la pointe de l'île.

– Espérons que mon dévoué chambellan aura le sommeil moins lourd que la dernière fois, a fait P. P. en tapant à la porte de Jean-Jean.

Pas de réponse. Il a tapé plus fort.

– Jean-Jean ? C'est votre roi ! Réveillez-vous, mon ami !

Rien à faire. Tant pis, j'ai tourné la poignée et la porte s'est ouverte en grinçant.

C'était une toute petite chambre, meublée avec le strict nécessaire comme une cabine de bateau. Un lit breton en occupait le fond : un de ces lits en forme d'armoire dont on ferme la porte après s'être couché.

Il y en a un comme ça chez ma tante Marcelline, à la campagne, et j'ai toujours refusé de dormir dedans, de peur de m'étouffer dans mon sommeil.

C'était plutôt une attaque cardiaque que risquait Jean-Jean en nous voyant surgir tous les trois, nos lampes sur le front comme des cyclopes.

Mais son lit était vide.

Aussi vide que le placard à confitures de ma tante Marcelline quand je vais passer quelques jours chez elle.

Il n'avait même pas froissé les draps, pliés au carré avec un soin militaire, et sur lesquels étaient brodées des initiales auxquelles je n'ai pas prêté attention sur le moment.

24

À l'attaque

– Tiens, tiens, a murmuré Mathilde, l'oiseau n'est plus au nid. Comme hier soir… Un tantinet bizarre, non ?

Ses bottes avaient disparu elles aussi, tout comme son éternel ciré jaune. La porte-fenêtre de sa chambre battait, chahutée par le vent.

– Il fait peut-être sa ronde.

– Par ce temps ? Tu veux rire ? M'est avis qu'il a décampé.

– Payé par Hector Gretz pour lui laisser le champ libre ? a suggéré Mathilde.

P. P. a secoué la tête.

– Non, je me porte garant de Jean-Jean. Il ne trahirait pas son bien-aimé souverain. Il doit y avoir une explication. Peut-être a-t-il une amourette sur le continent, qu'il rejoint en cachette la nuit.

– Une Jeanne-Jeanne, alors ?

Mathilde a eu une moue dubitative.

– Pas d'aide à attendre de son côté, en tout cas. Nous voilà bel et bien prisonniers sur cette île, sans électricité, sans téléphone et sans secours.

– Mais résolus à ne pas laisser Sa Majesté Boudin Ier et son corbeau de compagnie nous gâcher une seconde nuit ! j'ai décrété avec humeur.

Déjà j'avais attrapé l'une des vareuses de Jean-Jean pendues à un portemanteau. Elle était un peu courte pour moi, mais en solide toile imperméable, avec une capuche qui protégeait la lampe frontale.

– Qu'est-ce que tu fais ?

– Ton cousin commence à me courir sur le haricot, mon vieux P. P. Je vais lui faire avaler son pedigree, moi, et ça va pas traîner.

– D'accord avec Rémi, a fait Mathilde en m'imitant. Aymar-Baudoin va voir de quel bois une donzelle se chauffe.

– Et ce qu'il en coûte de comploter contre un roi légitime, a renchéri P. P. Partez devant, je vous rejoins.

Dehors, le vent était si violent qu'il fallait avancer courbés en deux, et la pluie si drue que nos lampes frontales avaient du mal à percer l'obscurité.

Ce n'est que lorsqu'il nous a rattrapés que j'ai découvert ce que P. P. était allé chercher.

– Tu peux me dire ce que tu comptes faire de ce machin ?

Je devais presque hurler, à cause du vent.

– Une épée de mon ancêtre, a-t-il répondu de la même façon. Conservée dans la bibliothèque. Tu ne veux tout de même pas que je défende mon royaume à mains nues ?

L'épée devait peser deux cents kilos et le faisait tituber à chaque pas. Au moins, P. P. était bien lesté, j'ai pensé, en attrapant Mathilde par le bras. Elle, c'est un poids mouche, et on n'était pas trop de deux pour résister aux rafales. On entendait la mer qui mugissait autour de nous, seulement visible aux gerbes d'écume qu'elle projetait par moments en se brisant sur les rochers.

Il fallait vraiment être fou – ou un sacré marin – pour s'aventurer sur les flots par un temps pareil.

– Éteignez vos lampes, j'ai ordonné quand on a surgi à découvert.

Suivre le sentier à l'aveuglette n'avait rien d'une partie de plaisir, mais je comptais sur l'obscurité pour tomber par surprise sur nos visiteurs.

Voilà quelques minutes que nous avions perdu de vue la lanterne. Soudain, elle a reparu, éclairant brièvement la baraque de pêcheur, à l'intérieur de laquelle elle s'est engouffrée.

– Qu'est-ce qu'ils cherchent là-dedans ?

– Ce qu'ils cherchent ? L'entrée du souterrain, pardi, a dit P. P. en brandissant son épée. De *mon* souterrain !

– Suivez-moi, j'ai ordonné.

On a couru jusqu'à la baraque. Sa façade offrait un abri contre la violence du vent et on s'est regroupés sous la fenêtre, hors d'haleine.

– On fait quoi, maintenant ? a chuchoté Mathilde en montrant la lumière qui passait et repassait derrière la vitre.

Même la cagoule ridicule qu'on portait n'arrivait pas à la défigurer. Au contraire, elle lui donnait un petit air fragile et j'ai eu brusquement une féroce envie de la protéger.

– On entre par surprise, j'ai proposé. On leur tombe dessus, on les saucissonne et on les balance dans une oubliette du château.

Mathilde a approuvé de la tête.

– Bonne idée. Je m'occuperai personnellement d'Aymar-Baudoin.

– Et moi de ce cher Hector Gretz.

Ce trouillard de P. P. a sauté sur l'occasion.

– Parfait. Moi, je reste dehors. Euh… pour garder la porte.

– D'accord, j'ai dit. Comme ça, avec ton épée, tu nous serviras aussi de paratonnerre.

Au même instant, un éclair en forme de toile d'araignée a illuminé le ciel.

P. P. a poussé un couinement de souris apeurée.

– Je crois qu'il vaut mieux que je vous accompagne, finalement.

– Alors on entre… Et défense d'allumer les lampes avant que je le dise.

J'ai tourné délicatement la poignée de la porte et nous nous sommes coulés l'un après l'autre à l'intérieur.

Il faisait noir comme dans une grotte, et ça puait le varech et le bois pourri. Le temps que nos yeux s'habituent à l'obscurité, on a deviné des caisses entassées les unes sur les autres et recouvertes de filets de pêche comme pour les camoufler. Elles occupaient tout l'espace, formant une sorte de muraille derrière laquelle luisait la lanterne de nos visiteurs.

Que pouvaient-ils bien traficoter ? On entendait racler dans la pénombre, comme si on déplaçait quelque chose de lourd sur le sol.

On s'est approchés doucement. J'avais le cœur qui battait à cent à l'heure. Après tout, nous n'avions vu que cette lanterne dansant dans la tempête, jamais ceux qui la portaient. Qu'est-ce qui nous garantissait que nous n'allions pas tomber sur un fantôme ? Celui d'un pirate, par exemple, armé jusqu'aux dents, qui serait revenu chercher le trésor caché dans l'île ?

J'ai compté jusqu'à trois sur mes doigts, puis j'ai donné le signal de l'attaque.

25

L'homme à la lanterne

– Rendez-vous ! Vous êtes cernés !

Je ne sais pas d'où ça venait, mais ça faisait très longtemps que j'avais envie de crier un truc comme ça en bondissant de ma cachette.

Le son de ma propre voix m'a presque fait sursauter.

La silhouette à la lanterne a eu un mouvement de recul, brusquement aveuglée par le rayon de nos torches.

– Jean-Jean ?

L'exclamation venait de P. P.

– Jean-Jean ? a répété Mathilde, avant que je ne l'imite à mon tour.

Ce dernier, main en visière, a ricané en nous reconnaissant.

– Le jeune de Culbert et ses amis. Toujours à fouiner partout, alors ?

– Vous ne bégayez plus, Jean-Jean ?

P. P. n'en revenait pas. Quoi, son fidèle chambellan ? Nous nous étions totalement fourré le doigt dans l'œil en croyant poursuivre dans la nuit l'infâme Boudin-Noir et son âme damnée.

Jean-Jean a jeté un regard circulaire, estimant ses chances de fuite. Mais nous étions trois et nous lui coupions toute retraite.

Il tenait un pied-de-biche, avec lequel il était en train d'ouvrir les caisses autour de lui.

– Pris la main dans le sac, j'ai observé.

– Répondez-moi, Jean-Jean, a supplié P. P. Dites quelque chose pour votre défense !

– À moins qu'il ne faille vous appeler par votre vrai nom : Jean de Kermadec ? j'ai ajouté.

Les yeux de P. P. se sont arrondis de stupeur.

– Quoi ?

– Inutile de nier, j'ai continué à l'adresse de Jean-Jean. Vos initiales J. et K. sont sur la proue de votre barque, et aussi brodés sur vos draps. Mais ceci devrait prouver ce que j'avance.

J'ai tiré de la vareuse empruntée au prétendu chambellan le portefeuille qu'il y avait oublié, et que je brûlais d'ouvrir depuis que je l'avais senti sous mes doigts.

J'avais lancé cette accusation un peu à l'aveuglette, et si jamais je me trompais…

– Vous n'avez pas le droit ! a grondé Jean-Jean en me voyant fouiller dans ses papiers. Rendez-moi ça !

J'ai poussé un soupir de soulagement. Jean de Kermadec, c'était bien le nom sur sa carte d'identité.

Tout s'expliquait brusquement.

Je me suis tourné vers P. P.

– Tu te rappelles Jehan de Kermadec, ce pirate dont tu nous as parlé le premier jour, à qui ton ancêtre a pris par la force l'île de Kastell-Bihan ? Eh bien, notre ami ici présent est son lointain descendant. Et il est prêt à tout pour nous chasser de la place.

Jean-Jean a serré les poings, mais son silence valait tous les aveux.

– Ne les laissez pas vous accuser sans preuves, mon ami, a supplié P. P. Vous vous êtes mis à mon service, vous m'avez juré fidélité…

Jean de Kermadec a craché sur le sol avec dégoût.

– Jurer fidélité à un descendant d'Alberic de Collibertus, le meurtrier de mon ancêtre ? Plutôt mourir !

Cette fois, ça a été au tour de Mathilde d'intervenir.

– C'en est fini en tout cas de vos misérables activités.

Elle a sorti d'une caisse un paquet enveloppé dans de la toile imperméable.

– Ne touchez pas à ça ! a menacé Jean-Jean.

– Contrebande, n'est-ce pas ? a continué Mathilde sans se laisser impressionner. Je parie que la police sera très intéressée. Cette île est idéalement située pour réceptionner des marchandises en cachette.

– Mais à condition de vous débarrasser de témoins gênants. Voilà pourquoi vous insistiez tellement pour nous faire quitter l'île avant la tempête.

Depuis le début, j'avais trouvé louche ce brave Jean-Jean et son dévouement sans bornes à P. P. Une ruse pour égarer les soupçons, de même que son bégaiement. Qui se serait méfié d'un ancien marin bègue et un peu simple d'esprit ?

Un instant, il a paru hésiter.

– Très bien, a-t-il grommelé finalement. La partie est finie.

Il a montré les caisses sous leur camouflage.

– Les de Kermadec sont pirates de père en fils depuis des générations. Je ne fais que poursuivre les activités de mes ancêtres.

– Mais c'est tout à fait interdit, Jean-Jean ! s'est récrié P. P.

Jean de Kermadec l'a considéré d'un œil mauvais, faisant jouer les jointures de ses poings.

– Vous n'êtes qu'un intrus ici, jeune homme. Comme l'étaient vos ancêtres qui nous ont chassés injustement. Quand le château est tombé à l'abandon, je m'y suis installé et je l'ai sauvé de la ruine.

Je l'ai restauré, pièce par pièce, toit après toit. Croyez-vous que ce soit dans les moyens d'un simple pêcheur ? Voilà pourquoi je fais de la contrebande : pas pour m'enrichir, mais pour sauver la demeure de ma famille.

– Très noble de votre part, a ricané P. P. Mais permettez-moi de vous dire que, en vertu d'un édit promulgué par Philippe Auguste…

Jean de Kermadec ne l'a pas laissé finir.

– Vous n'avez aucun droit sur Kastell-Bihan ! a-t-il rugi. Ni vous ni votre stupide cousin !

J'ai réagi une seconde trop tard. Il avait bondi sur P. P., pied-de-biche à la main.

– Attention ! a crié Mathilde.

P. P. n'a eu que le temps de lever son épée. Mais la lame, trop longue, s'est prise dans les mailles d'un filet. Déjà Jean de Kermadec l'avait renversé comme une quille et détalait vers la sortie.

Je me suis rué à sa poursuite mais Jean-Jean, avec une rapidité étonnante pour sa petite taille, était déjà dehors. Quand je suis arrivé à la porte, il en tournait la clef et détalait dans l'obscurité.

J'ai laissé échapper un juron, m'acharnant en vain contre la poignée.

Quelques secondes plus tard, j'entendais les toussotements d'un moteur qu'on démarre, puis le pot-pot régulier d'une barque qui s'éloigne.

26
Prisonniers

Plus de peur que de mal pour P. P., heureusement. La lame de l'épée avait dévié le pied-de-biche, il en serait quitte pour une belle bosse.

Il se sentait surtout profondément humilié, je crois. Lui, le cerveau le plus rapide du collège Chateaubriand, le petit génie de la 4e 2, s'était fait gruger depuis le début par Jean-Jean.

– Comment avez-vous deviné ?

– Élémentaire, mon cher P. P., j'ai dit en haussant les épaules. Jean-Jean avait la clef de ta chambre. Lui seul pouvait y entrer pendant ton sommeil, y déposer la mouette et sortir par la porte en refermant derrière lui. C'est ce qui m'a mis la puce à l'oreille. Ça et l'accident du tableau qui a failli t'assommer. Quelqu'un avait à moitié coupé la corde.

– Et l'échelle qu'on a trouvée sous la fenêtre de P. P. ? a demandé Mathilde.

– Une simple ruse pour faire croire à un rôdeur.

– Un drôle de coco, ce Jean-Jean, a-t-elle conclu. Trop dévoué pour être honnête, je l'ai pensé dès le début.

– Mais pourquoi m'a-t-il accepté au château alors qu'il me hait, moi et tous les de Culbert ?

– Pour ne pas attirer l'attention. En attendant de se débarrasser de toi, par la peur ou par la manière forte… Et qu'avait-il de si précieux à protéger ?

– Vu la situation de l'île, la réponse était facile, j'ai conclu. Ses petits trafics. Je parie qu'il attendait une livraison ce soir.

P. P. a ôté ses lunettes et en a nettoyé les verres avec frénésie, comme si elles seules étaient responsables de son aveuglement.

– Évident, en effet. Pourquoi n'ai-je pas tout compris avant tout le monde ?

– Ta vanité te perdra, mon vieux Pierre-Paul, a observé Mathilde. Il suffit qu'on se prosterne à tes pieds et tu es prêt à croire n'importe quelle sornette. Tu es bien un garçon, tiens.

– Oui, mais de royale extraction. Ne m'associe pas à ce pauvre Pharamon, qui n'est qu'un simple roturier.

J'ai levé les yeux au ciel.

– Je te rappelle qu'à cause de toi, Jean de Kermadec a filé. Tu as une idée géniale pour nous sortir d'ici, Votre Bedonnance ?

Rien à tenter du côté de la fenêtre, trop étroite et munie de barreaux. Même une anguille comme Mathilde n'aurait pu s'y faufiler.

– Tu n'as qu'à enfoncer la porte, a proposé P. P. en me braquant l'éclat de sa lampe frontale en pleine figure. Après tout, tu n'en es plus à un acte de vandalisme près.

J'ai préféré ignorer la bassesse de cette remarque. P. P. n'avait toujours pas digéré la petite leçon de déduction que je venais de lui offrir.

Jean-Jean avait bien calculé son coup. La serrure était neuve et la porte si solide que je n'ai réussi qu'à me démantibuler l'épaule.

– Attendons le matin, a proposé Mathilde avec son sens pratique coutumier. De toute façon, Jean de Kermadec n'ira pas bien loin sur cette mer démontée.

– Tu oublies que c'est un marin, a rétorqué P. P. Les gens de flibuste comme nous ne s'effarouchent pas pour si peu.

J'ai ricané.

– Je te rappelle que tu dégobilles même en

gondole, P. P. En ce qui me concerne, je n'ai pas l'intention de survivre ici en grignotant des cordages moisis jusqu'à ce qu'on nous retrouve.

– Sois sans inquiétude. Je vais nous tirer de là.

– Et tu comptes t'y prendre comment ?

– Grâce à ma phénoménale mémoire spatiale. Vous vous rappelez sans doute le plan représentant le souterrain. D'après mes estimations, celui-ci devrait aboutir très exactement…

P. P. a balayé l'espace de sa lampe frontale avant de pointer l'index juste derrière nous.

– … ici !

L'endroit qu'il désignait était encombré de caisses, hautes comme un homme et presque aussi lourdes qu'une famille entière de de Culbert. Les déplacer n'allait pas être une mince affaire.

Aidé par Mathilde (P. P. s'était dispensé de la corvée, comme d'habitude, faisant les cent pas, l'index sur la bouche, comme s'il réfléchissait intensément), j'ai réussi à en faire bouger une de quelques centimètres.

Suffisamment pour apercevoir, découpée dans le sol de pierre, l'amorce béante d'une trappe.

– Eh bien, voilà ce qui s'appelle avoir du flair, a triomphé P. P. en éclairant l'interstice. Encore un effort, mes vaillants camarades !

– Tu pourrais nous aider, peut-être…

– Et gaspiller l'énergie nécessaire à l'alimentation de mes prodigieuses cellules grises ? Ah non !

Finalement, nous avons réussi à dégager assez d'espace pour pouvoir nous glisser dans la trappe.

Descendre là-dedans n'avait rien d'engageant : un trou haut de deux mètres environ, avec une eau noire et furieuse qui clapotait au fond.

On s'est tous regardés.

– Bon alors, qui y va en premier ?

Je connaissais la réponse. P. P. est aussi agile qu'un établi, et il était hors de question que Mathilde s'aventure là-dedans.

– Et pourquoi ça ? Dis tout de suite que c'est parce que je suis une fille !

– Mais non. Seulement, il pourrait y avoir du danger et…

– C'est exactement ce que je disais !

J'ai préféré sauter dans le trou plutôt que de poursuivre sur ce sujet.

27

Dans le souterrain

Le contact de l'eau glacée m'a coupé la respiration. Elle entrait par une sorte de soupirail bas, fermé par une grille, et montait jusqu'aux genoux. La marée était-elle en train de descendre ? De monter au contraire ?

– Par là ! j'ai crié. Vous pouvez venir.

Ma frontale venait d'éclairer, de l'autre côté du trou, l'entrée d'un boyau à peu près large comme une conduite d'égout.

Mathilde a sauté à son tour, puis P. P., et nous nous sommes engagés les uns derrière les autres dans l'étroit passage.

– Pourvu que ça mène quelque part, a murmuré Mathilde en réprimant un frisson.

– Fais confiance à la prodigieuse mémoire spatiale de Sa Majesté, j'ai blagué pour la rassurer.

En fait, je n'en menais pas large non plus. Dans mes cauchemars, je rêve souvent que je fais de la spéléo. Je rampe sous terre jusqu'au moment où je me retrouve coincé, incapable d'avancer ou de reculer.

Le plafond du souterrain était si bas qu'on ne progressait que pliés en deux, pataugeant dans l'eau glacée. La maçonnerie humide s'effritait par endroits sous les doigts. Mais l'ensemble avait l'air solide, patiné durant des siècles par le flux et le reflux de la marée.

Combien de pirates étaient passés par ici avant nous, transportant leur précieux butin ?

Soudain, je me suis aperçu que mes pires craintes étaient en train de se réaliser. L'eau montait ! Nous en avions maintenant jusqu'à la taille

et nous avancions de plus en plus difficilement. Si nous ne ressortions pas de l'autre côté très vite, nous n'aurions pas le temps de faire marche arrière : nous allions mourir noyés à la vitesse d'un cheval au galop !

À cet instant précis, la lumière de ma lampe frontale s'est mise à flageoler avant de s'éteindre définitivement.

Ce radin de P. P. avait dû économiser sur les piles car celle de Mathilde l'a imitée aussitôt.

– Nous ne sommes plus très loin de la chambre secrète, a assuré P. P.

Au même moment, sa propre frontale s'est éteinte elle aussi, nous plongeant dans l'obscurité totale.

– Pas de panique, j'ai ordonné en me débarrassant de la cagoule qui me serrait le crâne. Il me reste encore des allumettes.

Mais elles avaient pris l'eau. Quand la dernière a refusé de s'enflammer, produisant un misérable pschitt verdâtre, semblable à un crachat de luciole, j'ai senti l'angoisse de mes vieux cauchemars me rattraper.

Perdus dans ce boyau obscur, avec l'eau qui grimpait inexorablement, je ne donnais pas cher de notre peau.

– Regardez ! a fait Mathilde dont la voix, subitement, résonnait comme si elle venait du fond d'une citerne.

Un étrange phénomène était en train de se produire. L'eau noirâtre dans laquelle nous pataugions s'illuminait de minuscules particules phosphorescentes, balisant notre chemin à la façon des cailloux blancs du petit Poucet.

– Qu'est-ce que c'est ?

– Élémentaire, mon cher Pharamon, a expliqué P. P., ravi de prendre sa revanche sur nos déductions de tout à l'heure. Un bel exemple de luminescence sous-marine : des microalgues ou des coquillages qui attrapent la lumière et la réfléchissent vers la surface.

– Tu es sûr ?

– Allons, ma chère Mathilde, en tant que déléguée des élèves, tu dois te rappeler ma faramineuse moyenne en SVT !

– Mais ça veut dire alors…

– Oui, a conclu doctement P. P. Que la sortie n'est plus très loin.

Nous n'avons plus eu qu'à suivre le miroitement. Il éclairait suffisamment, comme le reflet d'étoiles lointaines dans l'eau noire. Puis une lueur est apparue au bout du souterrain.

Quelques marches et nous avons surgi au sec dans une sorte de cave voûtée, chichement éclairée par de discrètes meurtrières.

– La chambre du trésor, a glapi P. P. Nous avons réussi !

28

Le trésor de Kastell-Bihan

En fait de trésor, la chambre était vide.

Totalement vide.

– Ventretudiou ! s'est exclamé P. P.

– Qu'est-ce qu'il raconte ?

– Oublie, m'a conseillé Mathilde. Il jure en vieux français, maintenant.

– Mon trésor ! Mes pistoles, mes diadèmes en or pur, mes cascades de pierres précieuses… Tout a disparu !

La déception de Pierre-Paul faisait presque peine à voir.

– Comment vais-je pouvoir battre monnaie ? Financer mes projets grandioses ?

– D'abord, ce n'était pas *ton* trésor, a dit Mathilde avec agacement. C'était celui de ton aïeul, le sieur de Collibertus. Ou plutôt celui de

Jehan de Kermadec, pillé sur les bateaux qu'il a attaqués, et que ton ancêtre à son tour lui a confisqué sans vergogne.

– Mais Philippe Auguste…

– Même un roi ne peut pas transformer un butin volé en trésor honnête, Pierre-Paul, l'a coupé Mathilde. D'autres voleurs sont passés par là au cours des siècles, voilà tout, et ils ont tout raflé.

– Quand même, j'ai remarqué, c'est plutôt râlant. Je me serais bien vu milliardaire avant la fin de ma deuxième 4e, moi.

– Ah ! non, s'est récrié P. P. avec toute l'énergie qui lui restait. Jamais je n'aurais partagé avec un roturier.

– Quoi ? Tu aurais tout gardé pour toi ?

– Et comment !

– Les garçons, est intervenue Mathilde avec impatience, je vous rappelle qu'il n'y a *rien* à partager. Rien du tout, sauf quelques crottes de souris et des momies d'araignées. Alors inutile de vous chamailler. Trouvons plutôt comment sortir d'ici.

Elle avait raison, une fois de plus. À l'exception des meurtrières, la chambre secrète n'offrait aucune ouverture visible. Quant à repartir par où nous étions venus, impossible : la marée avait envahi totalement le souterrain, le rendant impraticable pour un bon moment. Seule bonne nouvelle, la mer ne montait plus.

– Il doit tout de même y avoir une sortie !

– Elle n'apparaissait pas sur mon plan, a remarqué P. P., à qui la perspective de finir ses jours en s'alimentant de crottes de souris et d'araignées séchées avait fait un peu oublier son trésor.

Mathilde a haussé les épaules.

– Et comment faisait ton ancêtre ? Il faut sonder les murs. Il y a forcément une issue.

Plus facile à dire qu'à faire dans cette obscurité.

À tâtons, on a examiné les murs pierre à pierre, centimètre par centimètre, cherchant une faille, un interstice. Mais rien. La chambre semblait totalement hermétique.

Mathilde, la première, a jeté l'éponge.

– Je n'en peux plus. Continuez si vous voulez.

Et elle s'est pelotonnée dans un coin, serrant ses genoux entre ses bras.

Ça ne lui ressemblait pas du tout, d'abandonner comme ça. Je me suis assis près d'elle. Elle tremblait. Le froid, la fatigue, nos vêtements trempés : elle était à bout de forces.

– Tu vas voir, j'ai murmuré, on va s'en sortir.

Comment vous faire comprendre ? On était dans un sacré pétrin mais je serais bien resté toute ma vie comme ça, la tenant contre moi et caressant ses cheveux en lui murmurant des paroles apaisantes.

Mais c'était compter sans P. P. Cul-Vert.

Son beuglement nous a fait sursauter.

– Par là ! J'ai trouvé quelque chose !

Péniblement, je me suis déplié pour le rejoindre.

En essuyant soigneusement les piles de sa lampe, P. P. avait réussi à en tirer un dernier sursaut. Sous la lumière rasante de la frontale, une sorte d'arche apparaissait dans le mur.

– Nous sommes sauvés, a jubilé P. P. Une porte murée !

– Par des pierres de dix kilos chacune. Si tu comptes sur moi pour l'enfoncer…

P. P. a papillonné des paupières, me considérant comme si j'avais eu le QI d'un scarabée.

– Ne dis pas de sottises, mon pauvre Pharamon. Penses-tu sérieusement qu'un cerveau de premier ordre comme le mien n'a pas tout prévu ?

De toute la vitesse de ses petites jambes grassouillettes, il s'est précipité vers le fond de la salle avant de revenir quelques secondes plus tard, une lueur de triomphe dans les yeux.

– Ne me dis pas que tu l'as gardée tout ce temps avec toi !

Il a brandi l'épée de son ancêtre.

– Un peu encombrante, je te l'accorde, surtout dans un boyau aussi étroit. Mais c'est l'instrument qu'il nous faut. Attaquons ce mur sans tarder.

Sa trouvaille m'a un peu regonflé. Mais comment procéder ? Avec la lame ? Trop fragile, elle risquait de casser. Avec la poignée ? Plus sûr, mais pas commode.

Abattre un mur de pierre avec une épée n'a rien d'une partie de rigolade, je peux vous l'assurer. J'avais beau taper comme un sourd, les moellons bougeaient à peine. L'acier du pommeau ripait sur la surface inégale, m'éraflant la peau des doigts jusqu'au sang.

– Je vais essayer de gratter le ciment autour des

pierres, a suggéré Mathilde. Elles se descelleront plus facilement.

En me prenant l'épée des mains, elle s'est penchée vers moi et a déposé sur ma joue un baiser si léger que j'ai cru avoir rêvé.

– Merci pour tout à l'heure, Rémi, elle a murmuré.

Heureusement qu'il faisait noir car j'ai dû devenir aussi rouge qu'une fusée de feu d'artifice.

Racler le ciment était un vrai travail de fourmi. Mathilde et P.P. se sont relayés un moment puis j'ai recommencé à cogner, les muscles endoloris, la tête brisée par le bruit sourd de l'acier sur la roche.

Quand j'ai regardé ma montre, il était trois heures du matin.

Cela faisait plus de deux heures que nous étions coincés dans ce cachot, et c'est à peine si nous avions réussi à écorner quelques pierres pour les faire bouger dans leur logement.

– On n'y arrivera jamais, j'ai murmuré en jetant l'épée loin de moi.

Pas de réponse.

– Vous entendez ce que je dis ? C'est fichu !

Toujours pas de réponse.

Je me suis retourné. Mathilde s'était endormie

malgré le fracas, à même le sol, enroulée dans ma vareuse comme dans une couverture.

Quant à P.P. Cul-Vert, il ronflait, bouche ouverte, étendu de tout son long comme un mort sur un champ de bataille.

Il n'y avait plus qu'une chose à faire. Les imiter et attendre le matin. Nous aurions peut-être plus de chance en revenant à la baraque.

Je me suis affalé dans mon coin, le cœur lourd, et j'ai dû m'endormir instantanément.

29

Sauvés !

Boum… Boum…

C'est un bruit sourd qui m'a tiré du sommeil.

Boum… Boum…

J'ai ouvert péniblement les yeux, avec l'impression qu'on était en train de me taper sur le crâne avec un démonte-pneu.

– Ça va ? Tu m'as fait une sacrée peur !

Mathilde était penchée sur moi et me secouait sans ménagement.

– Tu dormais comme une bûche, j'ai cru que je n'arriverais jamais à te réveiller.

Tout m'est revenu d'un seul coup : le souterrain inondé, la chambre secrète… Je me suis redressé avec difficulté. J'avais mal partout. Quelqu'un, durant la nuit, avait dû s'amuser à déboîter chacune des parties de mon corps et à les remonter dans le désordre.

– 'L'heure il est ? j'ai articulé.

Boum… Boum…

– Neuf heures passées. Tu as une sale tête, dis donc. Allez, remue-toi !

J'ai grincé quelque chose d'inaudible. Comment faisait Mathilde, elle, pour avoir l'air fraîche et reposée ? Elle a partagé en deux une barre de céréales, dont elle m'a fourré de force la moitié dans la bouche.

– Petit déjeuner au lit. C'est tout ce que j'ai. Pour le café, tu attendras le deuxième service. Et maintenant, debout. Il faut qu'on sorte d'ici.

P. P. s'était déjà mis au travail, mais à sa manière : deux coups d'épée dans le mur, puis une poignée

de raisins secs pour reprendre des forces – il a toujours ses poches bourrées de petits en-cas –, à nouveau deux coups d'épée et ainsi de suite… À ce rythme-là, on aurait l'âge de Ramsès II quand on pourrait enfin sortir de ce sarcophage.

– Écoutez ! a fait soudain Mathilde.

Boum… Boum…

Ces coups-là ne venaient pas de P.P. mais, bizarrement, de *l'autre côté* du mur.

P.P. a tapé à son tour. *Boum ! Boum !* Deux nouveaux coups sourds ont répondu.

– Hourra ! Des secours !

– Mais qui ? a demandé Mathilde, incrédule.

Nous n'avons pas tardé à le savoir. Nos sauveteurs, sans doute armés d'un bélier, se révélaient bien plus efficaces que nous. Déjà le mur se lézardait dangereusement. Il valait mieux reculer si nous ne voulions pas tout prendre sur la figure.

Boum !

Un dernier coup, plus violent que les autres, et le mur a crevé avec fracas, soulevant un formidable nuage de poussière.

Quand il est retombé, une silhouette couverte de plâtre et de gravats est apparue dans l'ouverture.

– Cousin Pierre-Paul ? Tu es là ?

– Cousin Aymar-Baudoin ! s'est écrié P. P. en se précipitant vers lui. Dans mes bras, mon sauveur !

– Ah ! non, pas de familiarités, s'il te plaît, a fait l'autre en reculant d'un air dégoûté. Je te rappelle que nous sommes toujours ennemis jurés.

– C'est vrai, a reconnu P. P., désarçonné. Mais tout de même, tu viens de nous sauver la vie.

– Pas du tout. J'espérais profiter de la situation pour te souffler le trésor sous le nez. Ne compte pas sortir d'ici sans tout partager *fifty-fifty*.

– Moitié-moitié ? s'est récrié P. P., la main sur le cœur. Allons, trêve de chipotage. Le trésor est à toi, mon cousin. Tu peux tout prendre.

Aymar-Baudoin l'a regardé, interloqué.

– Tout, vraiment ?

– Affirmatif, a dit P. P. en s'effaçant pour laisser son cousin pénétrer dans la chambre secrète, suivi du sinistre Hector Gretz dont le nez frémissait déjà de convoitise. Est-ce qu'on ne peut pas être incroyablement généreux entre membres de la même famille ?

Mathilde et moi en avons profité pour nous faire la malle.

Je préférais ne pas être là quand Sa Majesté Boudin Ier découvrirait la supercherie.

Ni quand Hector Gretz, le chasseur d'héritage, réaliserait qu'il avait fait tout cela pour dix pour cent de crottes de souris et de cadavres d'araignées.

30
Mathilde fait mouche

Ce dénouement méritait tout de même quelques explications.

Nos sauveurs nous les ont données dans les cuisines du château, autour d'un solide petit déjeuner.

Je ne sais pas si Hector Gretz est un bon archiviste, mais une poêle à la main, c'est un champion. Le temps que nous fassions un brin de toilette, il avait préparé une pile de crêpes impressionnante, des œufs au bacon, des gaufres croustillantes et des litres de chocolat chaud.

Il n'en fallait pas moins pour nous remettre d'attaque.

– Je suis très déçu, cousin, a grommelé Aymar-Baudoin en s'essuyant les lèvres avec mépris. Je ne m'attendais pas à tant de bassesse de ta part.

P. P. a pris son air le plus innocent.

– J'essayais seulement de me mettre à ta hauteur, cousin. Et puis, est-ce ma faute, à moi, s'il n'y a pas de trésor ?

– Tant pis, a grommelé Boudin-Noir en louchant vers Mathilde. En dédommagement, je me contenterai de ta demoiselle de compagnie ici présente.

– Quoi ? j'ai rugi.

– Elle n'est pas totalement repoussante, à vrai dire. Et si elle sait aussi repriser les chaussettes…

Est-ce que j'avais bien entendu ? Ce crapaud voulait Mathilde comme récompense ?

– Laisse, m'a fait cette dernière en posant la main sur mon poignet. C'est à moi de régler ça.

– Vous ne connaissez pas la coutume ? s'est défendu le cousin de P. P. Elle est pourtant simple : un seigneur, dans son fief, a des droits sur toutes les jeunes filles et…

La première crêpe l'a raté d'un cheveu. La deuxième, à la confiture de reines-claudes, l'a touché en pleine face, interrompant précipitamment sa petite leçon d'histoire.

– J'en rêvais depuis hier, a dit Mathilde avec un soupir d'aise.

– Sache que je me serais opposé à ses vilenies

de toutes mes forces chétives, l'a assuré P. P. avec sa mauvaise foi légendaire.

– Je me défends très bien toute seule, merci.

Mathilde s'est tournée vers Hector Gretz.

– Si vous nous racontiez plutôt comment vous nous avez retrouvés ?

Le généalogiste, ainsi qu'il nous l'a expliqué, avait reçu un appel au petit matin. Une voix anonyme et difficile à reconnaître. Nous avions de sérieux ennuis, disait ce mystérieux correspondant, et nous avions besoin de secours.

– Jean-Jean ?

– Tu veux dire Jean de Kermadec. Ça ne peut être que lui.

– Il n'aura pas voulu fuir en nous abandonnant à notre triste sort, a observé P. P. Quand je vous disais que mon chambellan n'était pas un mauvais bougre, finalement.

Hector Gretz et Aymar-Baudoin, profitant de la marée basse, s'étaient précipités dans l'île. Il ne leur avait pas fallu longtemps pour entendre les coups qui montaient des caves du château et repérer la porte murée.

Une grosse bûche, utilisée en bélier, était venue à bout de la maçonnerie en moins de temps qu'il n'en faut pour le dire.

– N'empêche, a remarqué P. P., sans l'épée de mon ancêtre, nous aurions pu finir en tas d'osselets…

– À propos d'armes, cousin, a ricané Aymar-Baudoin, dont les lunettes étaient mouchetées de confiture de reines-claudes, tu n'as pas oublié notre duel, j'espère.

– Euh… non, naturellement.

– Vous n'allez quand même pas vous battre en duel ! s'est insurgée Mathilde. C'est complètement ridicule !

– Un duel d'honneur est un duel d'honneur, a assuré cet imbécile d'Aymar-Baudoin. Un de Culbert ne renonce jamais.

– Et si nous réglions nos affaires immédiatement ? a proposé P. P. Celui de nous deux qui avalera le plus de crêpes à la crème de marron sera déclaré vainqueur et monarque légitime de Kastell-Bihan. Qu'en dis-tu ?

Le courage n'a jamais été le fort de P. P. Cul-Vert. Mais il est imbattable pour s'empiffrer, et le cousin Boudin-Noir n'avait aucune chance.

Ce dernier a louché vers Mathilde avant de s'esclaffer.

– Tu ne t'en tireras pas comme ça, espèce de couard. Notre duel aura bien lieu, et cette jeune donzelle sera ma dame de cœur.

31
Le duel

C'est comme ça que nous nous sommes retrouvés, en fin d'après-midi, dans le champ derrière le château, pour ce qui promettait d'être le combat du siècle.

Mathilde était furieuse.

Après la tempête de la veille, le temps s'était remis au beau, miraculeusement. Enfin, disons qu'il ne pleuvait pas encore, et elle était bien décidée à en profiter pour finir enfin son roman policier, tranquillement étendue dans une chaise longue.

– Empêche-les de s'étriper, voyons ! Pierre-Paul est capable de blesser un mouton avant même d'avoir commencé.

De mon côté, je n'avais rien contre une bonne petite castagne et j'étais en train de montrer à

P. P. quelques mouvements d'échauffement. Mais Mathilde est une fille, elle ne peut pas comprendre.

– Trop tard, j'ai dit. Ton champion vient d'arriver.

Aymar-Baudoin était pile à l'heure, accompagné de son témoin, Hector Gretz, qui trimballait une sorte d'étui en bois comme en ont les musiciens pour leurs instruments.

Mathilde m'a fusillé des yeux.

– D'abord, ce n'est pas *mon* champion !

– Il porte tes couleurs, pourtant.

Le cousin de P. P. arborait en effet sur la manche un brassard en tissu d'un joli rose pétard.

– Mon bandeau ! Je croyais l'avoir perdu.

Aymar-Baudoin s'est incliné devant elle avec cérémonie.

– Mes hommages, doulce amie. Je vous en fais la promesse solennelle : si, comme je n'en doute pas, je deviens roi de Kastell-Bihan à l'issue de ce duel, c'est vous qui serez ma reine.

Mathilde s'est tournée vers moi, consternée.

– Il est complètement fou.

Aymar-Baudoin a mis un genou à terre.

– Oh ! je comprends que cela te paraisse encore irréel, belle Mathilde. Toi, une humble donzelle, être choisie par le meilleur représentant de la lignée des de Culbert, quelle promotion ! Quand j'aurai réduit en poussière ce nabot qui me sert de cousin…

Il s'est interrompu, cherchant autour de lui.

– Où se cache-t-il, le lâche ?

– Je ne suis pas là, a couiné P. P. d'une voix lamentable, en tentant de se dissimuler derrière un muret.

J'ai dû le tirer moi-même de sa cachette.

P. P. aurait bien disparu dans une taupinière plutôt que de se battre. Mais il avait besoin d'une bonne leçon.

– J'imagine que ce gaillard est ton témoin, a fait son crétin de cousin en me désignant du menton. Hector Gretz sera le mien. Et voici l'arme que j'ai choisie.

Ouvrant le mystérieux étui qu'il avait apporté, il en a sorti une paire de vieux fusils de collection, aux canons évasés en forme d'entonnoirs.

Il en a tendu un à P. P.

– Voilà le tien, cousin.

– Mais ce sont les tromblons du château !

– Légèrement adaptés par mes soins, a confirmé son cousin avec fierté. Non content d'être parfaitement fait de ma personne, je suis aussi inventeur de génie à mes heures perdues.

Inventeur ? Ça me rappelait quelqu'un : le Léonard de Vinci de la 4e 2, mieux connu sous le nom de P. P. Cul-Vert.

Ce dernier a ricané en examinant la pétoire.

– Brillante invention, en effet. Son existence remonte au moins à Louis XIV.

– En apparence, oui, pour un œil mal exercé. Tu tiens entre tes mains ignares l'un des deux seuls prototypes connus du fusil à andouille.

– Le fusil à quoi ?

– Des andouilles, il y en aura bientôt deux sur le carreau si vous ne renoncez pas à votre duel stupide, a observé Mathilde.

– N'aie crainte, doulce amie. Mon tromblon

à andouille est une arme inoffensive. Sauf entre les mains d'un tireur d'élite comme moi, bien sûr.

Il a sorti de l'étui une sorte de longue saucisse et l'a coupée en deux tronçons égaux.

– Une andouille de la région. Fabrication artisanale, et parfumée au vin blanc. (Il en a passé une moitié à P. P.) Tiens, bourre le canon de ton arme avec ça et recule de douze pas. Je ne te souhaite pas bonne chance, ce serait inutile.

P. P. a dégluti avec difficulté.

– Quel dommage de transformer en munition cette bonne charcuterie… Que dirais-tu plutôt d'un petit goûter de réconciliation ?

Je l'ai secoué par le paletot.

– Tu ne vas tout de même pas te dégonfler devant ce binoclard, P. P. !

– Mais moi aussi, je suis un binoclard ! a gémi ce dernier avec désespoir.

J'en avais presque oublié l'effarante ressemblance entre les deux cousins.

– C'est vrai, j'ai dit. Mais l'honneur de la 4e 2 est en jeu, sans parler de celui de Mathilde.

– Oh ! ce n'est qu'une fille après tout. Il y en a des milliers d'autres dans l'univers, et si mon cousin la veut…

Je ne l'ai pas laissé finir. L'attrapant par le fond

du pantalon, je l'ai conduit de force à distance réglementaire. Puis, chargeant son tromblon, j'en ai armé le chien et le lui ai fourré dans les mains.

– Vise le pif, j'ai ordonné. Et ne le rate pas, surtout.

Mathilde s'est caché les yeux.

– Je ne veux pas voir ça.

– Tout le monde est prêt ?

– Mon témoin ! a réclamé Aymar-Baudoin. Où est-il passé ?

Hector Gretz avait disparu.

– Tant pis, j'ai dit. Finissons-en avec cette histoire. Et que le meilleur gagne.

Les armes étaient si lourdes et ces deux-là si empotés que l'issue du combat ne faisait aucun doute. Les seules qui avaient du souci à se faire, peut-être, c'étaient les hirondelles qui planaient en piaillant au-dessus du château.

– Je compte jusqu'à trois, j'ai lancé. À la une, à la deux…

Déjà les duellistes levaient leur tromblon.

Je n'ai pas eu le temps de dire trois.

– Arrêtez ! Arrêtez !

Hector Gretz accourait vers nous, aussi raide qu'un abat-jour, agitant des papiers au-dessus de sa tête.

– Arrêtez ! Une regrettable méprise ! Tout est ma faute !

Il nous a rejoints, hors d'haleine, une grimace de désespoir sur le visage.

– Messieurs, ce duel n'a pas lieu d'être ! a-t-il balbutié. Je viens de procéder à une ultime vérification dans l'arbre généalogique des de Culbert…

– Et… ? ont fait en chœur les deux cousins.

Le généalogiste a baissé la tête avec accablement.

– Je suis désolé, messieurs. Aucun de vous n'est l'héritier du trône. Il revient à égalité à vos deux pères, Anthime et Sigismond de Culbert.

Épilogue

– J'aime mieux ça, au fond, a dit Mathilde. Tu aurais été mon premier copain de classe à finir criblé par une rafale d'andouille.

On était dans le train, regardant derrière nous s'éloigner la petite gare de Saint-Tallec.

Les vacances s'achevaient, mais je n'étais pas fâché de rentrer. L'internat et Philibert allaient me paraître bien reposants après ce que nous avions vécu dans l'île. Et puis je commençais à en avoir ma claque, moi aussi, du climat breton : crachin, averses, déluge, tempête, ça faisait beaucoup pour un pays où, comme nous l'avait rappelé le chef de gare, il ne pleut jamais.

– Mais que va devenir Kastell-Bihan ?

P. P. a poussé un soupir résigné.

– Mon estimé père et celui d'Aymar-Baudoin ont

décidé d'en faire une maison de famille. Nous pourrons tous nous y rassembler aux grandes vacances, dans une ambiance chaleureuse et fraternelle.

– Il faudra que tu y invites aussi Mathilde, j'ai plaisanté. Qu'elle puisse y retrouver son amoureux Boudin-Noir.

– Quoi ? s'est emportée celle-ci en me bourrant de coups de coude. Puisque je te répète que ce n'est *pas* mon amoureux !

– Il était inconsolable, en tout cas.

Hector Gretz et Aymar-Baudoin nous avaient accompagnés au train.

Le généalogiste n'avait rien perdu au change : il toucherait bel et bien sa part sur l'héritage et paraissait pressé de se débarrasser de son encombrant client.

Vu la façon dont ce dernier dévorait Mathilde des yeux, j'ai regretté de n'avoir pas sur moi le tromblon à andouille de P. P.

– Je l'aurais volontiers dégonflée d'un coup de pétoire, moi, cette grenouille prétentieuse d'Aymar-Baudoin !

– Tu es jaloux, c'est tout, a dit Mathilde en levant les yeux au ciel.

– Moi, jaloux ? Je te rappelle qu'au collège, je n'ai que l'embarras du choix. C'est toi-même qui l'as dit.

P. P., bien sûr, avait fait toute une histoire pour ne pas régler nos chambres à l'hôtel du Phare. Mais Mathilde avait tenu bon.

– Tu nous dois bien ça, Pierre-Paul. Tu as un argent de poche de ministre. Et puis, sans nous, tu serais toujours entre les mains de ton chambellan félon. Peut-être même découpé en rondelles au fond d'une oubliette, qui sait ?

Jean de Kermadec n'avait pas disparu comme nous l'avions imaginé.

C'était bien lui qui, bourrelé de remords, avait envoyé Hector Gretz à notre secours. La veille de notre départ, devinez qui s'était présenté au château, histoire de s'assurer que nous allions bien, et pour nous annoncer qu'il allait se rendre à la police ?

Au fond, c'est P. P. qui avait raison. Ce n'était pas un homme malhonnête. Et comme l'avait révélé l'examen des caisses entreposées dans la baraque de pêcheur, son trafic était plutôt inoffensif : des boîtes de sardines à l'huile, par milliers. De quoi nourrir au moins deux générations de de Culbert !

Les regrets de Jean de Kermadec nous avaient paru si sincères que, d'un commun accord, nous avions décidé de ne pas mettre la police dans le coup. À condition qu'il renonce définitivement à la contrebande, bien sûr.

Mais P.P. avait fait mieux. Il était intervenu auprès de son père, Anthime de Culbert, et Jean-Jean avait été officiellement engagé comme gardien du château. Il allait ainsi pouvoir continuer à le restaurer, ce qui représentait son plus cher désir.

Il y accueillerait chaque été des flopées de de Culbert, ce qui, à mon avis, était une punition bien suffisante.

– Pas trop déçu de ne plus être roi, Pierre-Paul ? a demandé Mathilde tandis que le train prenait de la vitesse.

– Mais je le suis toujours, mes bons amis !

On l'a regardé avec des yeux ronds. Qu'est-ce qu'il avait encore inventé ?

– Plus celui de Kastell-Bihan, je vous l'accorde, a dit P.P. Cul-Vert avec un petit rire satisfait. Mais je reste à jamais le roi de l'aventure !

Ses yeux pétillaient de malice.

– Et je compte bien vous le prouver aux prochaines vacances. Si vous en êtes d'accord, bien sûr.

Mathilde et moi avons éclaté de rire.

Comment refuser quelque chose à Sa Majesté P.P. Ier ?

FIN

Table des matières

Jean-Philippe Arrou-Vignod

L'auteur

Jean-Philippe Arrou-Vignod est né à Bordeaux. Il vit successivement à Cherbourg, Toulon et Antibes, avant de s'installer en région parisienne. Après des études à l'École normale supérieure et une agrégation de lettres, il enseigne le français au collège. Passionné de lecture depuis son plus jeune âge, il s'essaie très tôt à l'écriture et publie son premier roman à l'âge de vingt-six ans. Il est depuis l'auteur de nombreux ouvrages, pour la jeunesse comme pour les adultes.

Du même auteur chez Gallimard Jeunesse

FOLIO CADET

L'Invité des CE2, n° 429

FOLIO JUNIOR

Agence Pertinax, Filatures en tout genre, n° 799
Bon anniversaire ! n° 1176
Le Collège fantôme, n° 1108
Magnus Million et le dortoir des cauchemars, n° 1630

Histoires des Jean-Quelque-Chose

L'Omelette au sucre, n° 1007
Le Camembert volant, n° 1268
La Soupe de poissons rouges, n° 1438
Des vacances en chocolat, n° 1510

Enquête au collège

1 - Le professeur a disparu, n° 558
2- Enquête au collège, n° 633
3 - P. P. Cul-Vert détective privé, n° 701

4 - *Sur la piste de la salamandre*, n° 753
5 - *P. P. Cul-Vert et le mystère du Loch Ness*, n° 870
6 - *Le Club des Inventeurs*, n° 1083

GRAND FORMAT LITTÉRATURE

Enquête au collège

7 - *Sa Majesté P. P. Ier*
Intégrale - 1
Intégrale - 2

Magnus Million et le dortoir des cauchemars

Histoire des Jean-Quelque-Chose

Une famille aux petits oignons (compilation)
5 - *La Cerise sur le gâteau*

ÉCOUTEZ LIRE

Enquête au collège 2 - Enquête au collège
L'Omelette au sucre

ALBUMS

Louise Titi

Rita et Machin, en collaboration avec Olivier Tallec

1 - *Rita et Machin*
2 - *Rita et Machin à l'école*
3 - *Le dimanche de Rita et Machin*
4 - *Rita et Machin à la plage*
5 - *Le Noël de Rita et Machin*
6 - *Le pique-nique de Rita et Machin*
7 - *Les courses de Rita et Machin*
8 - *L'invité de Rita et Machin*
9 - *Rita et Machin à la piscine*
10 - *La cachette de Rita et Machin*

11 - Rita et Machin. La niche
12 - Rita et Machin. L'anniversaire
13 - Le baby-sitting de Rita et Machin
14 - Rita et Machin au zoo
Hors série Rita et Machin
Rita et Machin à Paris
Les petites BD de Rita et Machin
Joyeux Noël, Rita et Machin
Je joue avec Rita et Machin

Serge Bloch

L'illustrateur

Serge Bloch vit à Paris. Il a illustré des livres et des quotidiens en France, aux États-Unis et au Japon. Il se résume ainsi : « Je fais du dessin à idées, j'essaie d'être simple et discret pour que ces idées soient rapidement perçues par le lecteur, sans trop d'effets. J'essaie d'y mettre de l'humour. » Chez Gallimard Jeunesse, il a notamment mis en images la série Enquête au collège (folio junior) mais aussi *L'Encyclopédie des cancres, des rebelles et autres génies* et *L'Encyclopédie des rebelles, insoumis et autres révolutionnaires* (Albums documentaires).

www.sergebloch.net

Retrouve les héros de la série

Enquête au collège

---

dans la collection

folio junior

1. Le professeur a disparu

n° 558

«Monsieur le Principal,
Un petit mot de Venise où nous sommes bien arrivés. Il fait beau, et le carnaval bat son plein. Transmettez notre bonjour à tous les copains de la classe.

Signé : Mathilde, Rémi, Pierre-Paul,
les gagnants du concours.

P.-S. Un détail, cependant, M. Coruscant, le professeur qui nous accompagnait, a disparu cette nuit dans le train qui nous conduisait à Venise. Mais rassurez-vous : nous sommes sur la piste des ravisseurs.»

2. Enquête au collège

n° 633

Que se passe-t-il donc au collège ? Qui se promène la nuit dans les couloirs déserts ? Quels secrets abritent les sous-sols où aucun élève n'est jamais allé ? Qui a saccagé la salle de sciences naturelles et assommé M. Cornue, le laborantin ? Le principal cherche des coupables parmi les internes… Une seule solution pour Rémi et P.P. Cul-Vert, aidés de la douce Mathilde : découvrir eux-mêmes la vérité, quitte à affronter souterrains, rôdeur et conseil de discipline.

3. P. P. Cul-Vert détective privé

n° 701

Un lugubre cottage en Angleterre, une hôtesse inquiétante, une duchesse dévalisée, un singulier spécialiste des poisons orientaux… Il n'en faut pas plus pour transformer un innocent séjour linguistique en une palpitante aventure.
Décidément, rien n'est simple pour Rémi, Mathilde et Pierre-Paul… Les voilà plongés en plein mystère au pays d'Agatha Christie ! Heureusement, P. P. Cul-Vert est là. La loupe à la main, il n'a pas son pareil pour résoudre les énigmes (ou pour les embrouiller à plaisir).

4. Sur la piste de la salamandre

n° 753

Une chasse au trésor organisée par un journal : quelle aubaine pour Mathilde, Rémi et Pierre-Paul, spécialistes de l'aventure ! Eux qui redoutaient de s'ennuyer pendant les vacances, les voilà lancés sur la piste d'une statuette de salamandre qui semble intéresser de mystérieux concurrents… Dans un manoir abandonné ou dans le dédale de souterrains secrets, les énigmes et les dangers se succèdent. Il faut dire qu'avec P. P. Cul-Vert les vacances ne sont jamais de tout repos !

5. P. P. Cul-Vert
et le mystère du Loch Ness

n° 870

Rémi et Mathilde ont reçu un message de leur ami Pierre-Paul : ils doivent le rejoindre à Keays Castle, en Écosse. Mais, à leur arrivée, aucune trace de P. P. Rugissements de fauves, fracas de vaisselle brisée, bruits de pas, concert de cornemuse… leur séjour au château semble prendre une tournure étrange. Parviendront-ils à élucider l'énigme du monstre du Loch Ness ?

6. Le Club des Inventeurs

n° 1083

Décidément, P. P. Cul-Vert n'est jamais à court d'idées. Sa dernière lubie ? Présenter un prototype de sa fabrication au grand concours du Club des Inventeurs ! Pour protéger sa géniale trouvaille, une seule solution : engager Mathilde et Rémi comme gardes du corps…
À la fin du livre, découvrez également, en exclusivité mondiale, les carnets secrets de P. P. Cul-Vert.

Mise en pages : David Alazraki

Loi n° 49-956 du 16 juillet 1949
sur les publications destinées à la jeunesse
ISBN : 978-2-07-065490-1
Numéro d'édition : 293146
Premier dépôt légal dans la même collection : août 2013
Dépôt légal : août 2015
Imprimé en Espagne par Novoprint (Barcelone)